エッセイ集

Collection of essays ／ Tsunatomo Watanabe

フェニックスの木蔭

渡辺綱纜

絵／向原常美

岩切章太郎翁肖像

仲矢勝好 画（宮崎空港ビル蔵）

宮崎観光の父と歩みきて

渡辺綱纜

目次

エッセイ集　フェニックスの木蔭

一の景　ノーネクタイ

文をつくる

「文をつくる」「モノを書く」ということは、そんなに難しいことだろうか。

つい先日も、ある学校のＰＴＡの会長さんになった後輩のＡさんから、「ＰＴＡの会報に何か書けと言われて悩んでいる」と、打明けられた。

そんなに悩まなければならないほど、モノを書くことは、たいへんなことだろうか。

私は、Ａさんに言った。

「Ａさん、ＰＴＡの会長になったら、総会か何かで挨拶をしなければならないでしょう。どんな挨拶をしましたか」

「ハイ。私は、寝ても覚めても、こどものことを考えよう。こどもを幸せにするためには、どうしたらよいか。そればかり考えよう。そして、行動しよう。そう話しました」

「うーん、寝ても覚めても、ねえ。すばらしい言葉じゃないですか」と、私は感心しながら、「それから、どんな話をしましたか」と、うながした。

「何と言ったかな。そう、そう。とにかく、ＰＴＡの場でこどものことをいろいろ語りあおう。そのためには、何でもざっくばらんにモノが言えるよう、和やかで、楽しい、ふれあいの雰囲気を、みんなで作っていこうと話しました」

私は、フン、フンとあいづちを打ちながら、「Ａさん、なかなかいいことを言うじゃないですか」と、おだてた。

Ａさんは、だんだんと熱を帯びてきて、言葉を続けた。

「ＰＴＡとは、そもそも先生と父母の会なんです。だから、先生方の本音というか、生《なま》の声をもっと聞こうと、言ったんです」

「その通り」と、私は共感した。

Ａさんは、「ところが、最後がいけなかったんですよ」と、言った。

「どうして」と、私は聞いた。

「調子に乗って、とにかく、いっぺん焼酎を飲みましょう。飲みながら話しましょうと言って、話を終わったんですよ」

「反響はどうでした」

「わあっと、みんな笑いました」

私も思わず吹き出したが、それから数日たって、Aさんを呼んだ。そして、四百字詰の原稿二枚を渡した。

「この原稿は、Aさんが先日話したことを、そのまま文章にしたものです。読んでみてください」

それは、「寝ても覚めても。A」という原稿だった。

読みながら、Aさんの顔がみるみる紅潮してきた。

「わあ、すごい。さすがだなあ。こんないい文章を書いてもらって」

「いや、書いてもらってじゃないですよ。Aさんが、この前言ったことを、そのまま文章にしただけですよ。私は一言一句、何も付け加えていませんよ」

私は、Aさんの話を、そのまま文字にしただけだった。

それからAさんは、すっかり「モノを書く」ことが、好きになったのである。

野村憲一郎先生

小学校の先生、中学校の先生、高等学校の先生、私が教えを受けた恩師は、本当にいい先生ばかりだった。

野村憲一郎先生は、旧制中学校の五年生の時に、延岡中学校の校長から、宮崎中学校の校長として転任して来られた。

坊主頭で、西郷さんそっくりのギョロリとした大きな目玉だった。堅物で、気性の烈しい先生という前触れだった。

当時、新聞部の編集長だった私は、「新校長に聞く」という企画記事を書くために、さっそくインタビューを申し入れ、校長室を訪ねた。

野村校長は、ニコニコしながら、「やあ、ご苦労さん」と、とても愛想がよかった。

「ウワサとは違うぞ」と思ったが、油断はできないと構えながら、開口一番言った。

「野村校長先生は、たいへん頑固で、厳しい先生だと聞いておりますが」

「いや、それは前の学校の評判だろう。延岡は、僕の母校だからね。生徒というよりも、後輩という気持ちでビシビシやったが、宮崎中学校はそうはいかんよ」

と言って、「ハッハハハ」と、大きな声で笑われた。

「とにかく、デモクラシーになったんだ。君たちの意見もどしどし聞こう。何でも遠慮なく、自由に言いなさい。出来ることはやる。出来ないことは出来ないと、はっきり言うから、何でも言いなさい」

そう言って、また「ハッハハハ」と、豪快に笑われた。

「出来ないことは出来ない、とはっきり言う」と言われたことが、なかなかの人物だなと思った。

しかし、新聞部の編集室がなくて困っていると言うと、校長室の隣の部屋が空いているから使いなさいと、今だったらとても考えられないことを、即座に返答された。

野村憲一郎先生の一番の思い出は、着任されて何日後かの全校朝礼の時のことである。

県下の作文コンクールで入賞した私に、校長から賞状が伝達されることになった。賞状を読み上げながら、私の名前のところになって、「ワタナベツナ……」で、言葉が詰まってしまった。

私の名前は、綱纜と書いて、ツナトモと読む。難しい名前である。

もう一度、「ワタナベツナ……」と読まれた。しかし、今度も後が出て来ない。

頭を下げて緊張している私のそばに、校長先生は、つかつかと寄って来られた。

「何と読むのかね」

「ハイ、ツナトモです」

「そうか」と、校長先生は壇上に引き返された。

そして、大きな声で、「トモ！」と読んだのである。ワタナベツナまでは、さっき読んだので、残りのトモだけを読まれたのである。

朝礼は、大爆笑の渦だった。真赤になりながら私の方が汗びっしょりで、賞状を頂いたのであった。

ノーネクタイ

宮崎空港ビルの社長をしている荒武秀昌君は、中学・高校時代からのクラスメートで、宮崎交通にも一緒に入社した同期の桜である。

その荒武君を、空港ビルの社長室に訪ねた時のことである。

まじまじと私を見つめながら、「前から思っていたんだが、渡辺君はオシャレだよなあ」と言った。

五十余年も交際していて、はじめて聞く言葉だった。

私は、紺のスーツに、青い縞模様のワイシャツを着ていた。ネクタイはどんなのをしていたのか、今思い出せない。

胸にハンカチもさしていなければ、ネクタイピンもカフスボタンも、何一つ装飾らしいものはつけていなかった。普段そのままの格好だった。

「どこがと言うわけじゃないが、何となくオシャレなんだよなあ」と、また荒武君は言った。

私はうれしかった。それまで、オシャレと言われたことがなかったからである。その時は、たまたま色物のワイシャツだったが、実はたった一枚持っているだけで、後は全部白ばかりである。白が、私の一番好きな色だ。

ネクタイは、出張のたびにデパート廻りをするので、気にいったのがあると、よく買って帰る。女房や娘に選ばせたことは、ほとんどない。全部自分で選ぶ。だから、私のオシャレと言えば、ネクタイぐらいのことである。

ところが、最近困ったことが起こった。ある有名メーカーの全国大会が、宮崎市で開かれたのだが、そのパーティーの招待状に、「ノーネクタイでお越しください」と、書いてあったのである。

私は、係に電話をして聞いてみた。

「どうしても、ノーネクタイでないといけませんか」

「はい、千三百人集まりますが、全員軽装です。それが我が社のモットーです」

ノーネクタイと言われても、軽装と言われても、今までそんな服装でパーティーに出たことはなかったので、大いに困った。

結局は、その日は忙しくて、会社からそのまま会場に直行した。着いてびっくりした。まず、出迎えの人々が、きちんとネクタイをしていたことにである。

「あれ、あれ、ノーネクタイではなかったのですか」と、私は聞いた。「地元の方々をお迎えするのに、失礼だと思いまして」という返事だった。会場に入ったら、地元からの招待者は、みなネクタイを着用していた。商工会議所の会頭さんも、銀行の会長さんも、テレビ会社の社長さんも。お一人だけが、軽装だった。歌人の伊藤一彦さんである。「さすが」と言うと、伊藤さんは、「いやあ、参りました。昨日、女房とデパートにシャツを買いに行ったんですよ」と、笑っておられた。

ノーネクタイ、たいへん結構なことである。私も、一日も早く、ノーネクタイが似合う人間になりたいと思う。

しかし、しばらくは、「服装はどうぞご自由に」と、お願いしたい。ネクタイしか持たない、悲しいオシャレ人間のために。

かわいい女、かしこい女

もう十年ほど前になる。NTTさんから講演を依頼された。

話を聴く人は、全員女性ということだった。

私が講演を引き受ける時には、かならず条件をつける。それは、岩切章太郎さんのことしか話さないということである。

今は亡き岩切章太郎さんは、県民から「宮崎県観光の父」と慕われているが、その岩切さんの生い立ち、観光哲学を、世に伝えていきたいというのが、私の願いである。

すなわち、岩切章太郎さんの「語り部《べ》」を志しているのである。

NTTさんにも、そう申し上げた。返事は、「それで結構です」ということだった。

「しかし」と、NTTさんは言った。「演題だけは、こちらにまかせていただきた。

たい」

今度は私が、「結構です」と答えた。

講演で大事なことは演題である。ＮＴＴさんのお話では、県下の女子職員から受講生を集めるので、できるだけ魅力ある演題をつけたいということであった。

「そうでしょうな。もっともなことです」と、私も納得した。

しかし、どんな演題がついても、私は岩切章太郎さんが、宮崎県の観光に一生をかけたその情熱を語るのだと、自分に言い聞かせた。私には、それしかないのである。

私が宮崎交通に入社したのは、昭和二十八年である。だから四十四年前になる。それから二十年、私は岩切章太郎さんの下で観光一筋に働いた。観光バスガイドの教育も担当した。

観光を離れて宮交シティに来てからもう二十四年になるが、毎年春に新しい観光バスガイドが入社すると、一回は本社で講話をする機会を与えてもらった。もちろん、創業者岩切章太郎さんの話である。

観光バスガイドも、ＮＴＴの女子職員も、同じサービス業である。私の話は、きっと理解してもらえると思った。

ところがである。講演の当日、会場のＭＲＴ会館に行ってびっくりした。演壇の横に垂れ幕がぶらさがっていて、演題が書いてある。まず、講師渡辺綱纜先生と書いてある。バスガイドからも先生と言われていたので、それはまあ慣れている。驚いたのは演題である。

大きな字で、「かわいい女、かしこい女」と、書いてあったのだ。

どう考えても、私の講演の内容とは関係のない題名である。

岩切章太郎さんと、かわいい女、かしこい女をどう結びつけたらいいのか、演壇に上がるまで、私の頭はパニック状態だった。

しかしもう仕方がない。私は演壇に上がると「今日は、この演題とは少し違ったお話を致します」と断った。少しどころではない。全く違う話をしなければならないのである。私は肚《はら》をすえた。

ＮＴＴの女子職員は、若い人からかなりの年齢の人まで幅が広かったが、皆、熱心に聴いてくれた。私も思わず力が入って、演題のことは忘れて、岩切章太郎さんの夢とロマンを熱っぽく話した。

正味一時間三十分、講演は終わった。

私は、「今日は皆さん、私の話を真剣に聴いてくださって本当にありがとうございました」

と、深々と頭を下げた。

そして言葉を続けた。「でも、今日の私の話は、演題とは何の関係もありませんでしたが、私が皆さんに何を訴えたかったか、その意味を理解していただけたでしょうか」

会場から大きな拍手が起こった。

私は言った。「ありがとうございます。皆さんは、かしこい女です」

会場はどっと沸いた。しばらくは笑いが止まらなかった。

続けて、私は言った。

「皆さん、今の笑顔を忘れないでください。皆さんは、本当にかわいい女です」

また歓声が上がった。拍手が鳴り止まなかった。

こうして、私の「かわいい女、かしこい女」の講演は、無事に済んだのである。

網走からの荷物

世の中には、何でもないことが意外に大きな波紋を起こすことがある。

もう十四、五年前の話である。宮崎商工会議所の観光委員会で、北海道に研修旅行に行った。目的は、網走市の「流氷まつり」の視察である。

網走市といえば、誰でも知っているのは、映画の『網走番外地』で有名な網走刑務所のことである。

今は昔の面影をとどめず、正門の付近が少し残っているだけだが、網走市にとっては大事な観光資源で、訪れる人も多い。私たちも、ぜひ見学して帰りたいと思った。

刑務所に入るとすぐ横に売店があって、受刑者が更生のために作ったといういろいろの製品が陳列してあった。

私の目に止まったのは、バーベキューのセットである。分の厚い鋼鉄を溶接して作ったコンロが気にいった、いかにも頑丈そうである。

値段を聞いたら、びっくりするほど安かった。

「安いですね」と言うと、係の人が「お客様はどちらから来られたのですか」と聞いた。

「宮崎です」と答えたら、「九州ですか。送料の方が高くつきますね」と笑った。

しかし、立派な製品なので欲しかった。すぐ購入した。

まだ宅急便が普及していなかったころで、鉄道貨車で送って、駅からトラックで配達するということだった。

さて、宮崎に帰って一週間ほどしてからのことである。たまたま休日で、家の中でゴロゴロしていると、ピンポンと誰かがやって来た。出てみると、年配の男と若い男が二人立っている。私の顔を見ると深々と頭を下げた。

「網走からのお荷物をお届けに参りました。御主人様でしょうか」

「そうです。重かったでしょう。御苦労さんでした」

「お名前がむつかしいのですが、御本人でございますか」

「そうです」

「下でお聞きしたら、一番高い所にあるお家で、庭に大きな日の丸の旗が揚がっているということでした。お陰ですぐ分かりました」

「それは、それは。判を押しますから、そこに置いて行ってください」

「アノー、オアラタメイタダキタイノデスガ」

近ごろ聞き慣れない言葉である。不審そうな顔をすると、もう一度言った。

「ドウゾ、オアラタメクダサイ」

「いや、焼肉のセットですから心配いらないですよ。鋼鉄製ですから、絶対にこわれることはありません」

「そうでございますか。それでは確かにお渡し致します。ありがとうございました」

そう言って、二人はまた丁寧に最敬礼をした。私は感心した。荷物を配達するのにこんなに礼儀正しい人たちは見たことがない。立派なものだと思った。

二人が帰ってから、ふと送り状を見て、私は思わず吹き出してしまった。それには、こう書いてあった。

「網走刑務所、本人出し」

林真理子さんと宮崎牛

作家の林真理子さんをお迎えして、宮崎市で文芸講演会を催した時の話である。講演会が終わって、夜、宮崎観光ホテルの料亭山吹で一席を設けることになった。

何を御馳走しようかということになったが、「宮崎牛はどうでしょう」と皆が言う。幸いに、林さんは肉がお好きらしい。それでは、飛び切り上等の宮崎牛をお座敷ステーキでいこうということに決まった。

さて、その席のことである。林さんが言った。

「宮崎牛、宮崎牛というけれど、宮崎は不思議なところですね。今朝から牛を一頭も見なかったわよ」

私は、「そんなことはありません」と答えた。すると、林さんがまた言った。

「でも、今日は車で熊本県から鹿児島県を通って来ましたけど、途中、熊本では赤牛、鹿児島では黒牛が放牧してあるのをたくさん見ましたが、宮崎県に入ったとたんに、えびのでも小林でも、牛は一頭も見ませんでしたよ。宮崎市まで、牛はどこにもいなかった」

「ああ、それならよく分かりました」と、私は答えた。

「宮崎では牛を大事にして、畜産農家では、みんな家の中で牛を飼っているのです」

「家の中にですか」

「そうなんです。家族同様にして可愛がっているのです。だから、牛が売られていく日なんか、たいへんなんですよ」

「どんなに、たいへんなんですか」

「まず、前日には、牛の体をゴシゴシこすって、毛がピカピカになるくらい、きれいに磨き上げます。そして、翌朝は、お赤飯《せきはん》を炊いて、家族全部でお別れします。それから車に乗せて見送るのです」

林さんは膝を乗り出してきた。眼がキラキラ輝いて真剣な顔になった。私は調子に乗って話を続けた。

「子ども達は別れが惜しくて、皆泣きながら、牛の乗った車を追いかけて行くのです」

みるみる林さんの眼から大粒の涙がこぼれ落ちた。「可哀相……」と言ったきり、絶句してしまったのである。

私は、本当にいけないことを言ってしまった。林さんは、宮崎牛のステーキを一切れも食べなかった。箸もつけなかったのである。

宴会が終わって、皆が私を責めたてた。「余計なことを言うから、せっかくの御馳走が台無しじゃないですか」

私は、「スマン、スマン」とあやまりながら、「でもねえ……」と弁解した。

「物書きという人たちはね、いつもネタを探しているんだよ。だから私は、いいネタをプレゼントしたと思っているよ。きっと、林さんも内心喜んでいる筈だよ。それが御馳走だ」

その通りだった。翌週の週刊文春に、林真理子さんのエッセイ「宮崎牛物語」が、ちゃんと登場していたのである。

君は杜《もり》へ

平嶋周次郎さんが亡くなった。あまりにも早い別離だった。八月三十日の早朝である。東京のホテルでその訃報を聞いた。

「エッ、どうして」と言ったきり、後の言葉が続かなかった。ベッドにヘタヘタと座りこんでしまった。

その半月ほど前である。忘れもしない、八月十七日のことである。東京の虎ノ門病院に入院している周次郎さんに電話をした。

「八月二十九日に上京します。お見舞いに行きたいのですが」

「いや、その前日に退院します。宮崎に帰るのです」

その声は、宮崎に帰る喜びではずんでいた。

「じゃあ、宮崎で会いましょう」。そう言って私は電話を切った。もっともっと、いろいろなことを話しておけばよかった。疲れてはいけないと思って遠慮をしたのだが、今にして思えば本当に残念である。

宮崎空港に着いた周次郎さんは、そのまま宮崎市郡医師会病院に入院した。二十八日と二十九日、彼は家族と一緒に楽しいひとときを過ごした。亡くなる数時間前まで、フルーツを食べて、話もして、うれしそうだったという。

昨年の秋のことである。東京の奥多摩町に住む宮崎出身の水墨画家、向原常美さんから話があった。平嶋さんから、仕事を頼まれたというのである。

「どんな仕事?」と、私は聞いた。向原さんは、「それが、平嶋さんは、僕が死んだ時に枕元に飾る屏風の字を書いて欲しい」。そう頼まれたというのである。その字も二字、「杜《もり》へ」だけである。

「せっかくだからお書きなさい。それにしても、周次郎さんらしいなあ。まだまだ元気なのに、彼は死を覚悟しているのだろうか」

向原さんは決心して、あまり深刻に考えずにその仕事を引き受けた。書いてみると、「杜《もり》へ」の二字だけではさびしい。彼女は、母の乳房を連想しながら、深々とした山を二つ、その「杜《もり》へ」の後ろに画いた。

八月三十日の夜、私は、宮崎空港から周次郎さんの仮通夜に駆けつけた。

「あの枕屏風が飾ってあるだろうか」と、そのことで頭がいっぱいだった。

周次郎さんは静かに眠っていた。いい顔だった。そして、私の眼に飛びこんだのは、枕屏風の「杜《もり》へ」の字だった。私は、あふれ出る涙をどうすることも出来なかった。

向原さんが書き足したという背後の山は、その時はあまり記憶になかった。黒い大きな雲が「杜《もり》へ」の字をおおっているように見えた。しかし、それは雲ではなかった。深い深い森であり、こんもりとした山であった。谷があり、川があり、丹念に画かれていた。

彼の念願であった平嶋周次郎エッセイ集『卓上の虹』が、それから間もなく出版された。

その中の一節に私のことも書かれていた。岩切章太郎氏の「断ることが出来る人」の言葉を引用して、「ツナトモさんは、頼まれるうちが花と言って、何でも引き受ける。あれでは殺される」と述べている。そして「忠告しても全然反省しない。いずれ人間は死ぬのだから本人の勝手だが」と結んでいる。

それが私には、杜《もり》に眠る周次郎さんの遺言とも思えた。

優等生のパンツ

もう十年以上前であるが、小、中、高校と親友だったS君が、ある時、ポツンと言った。

「渡辺君は、少年時代から目立ちたがり屋だったよなあ」

チビだったので、することなすこと、逆に目立っていたとは思うが、別に目立とうと思って行動したことはなかった。

S君は、言葉を続けた。

「僕が一番印象に残っているのは、終戦直後の運動会の時、渡辺君がパンツに優等生と書いて走っていたことだった。あの時はさすがに、〝やるもんだ〟と思った」

しかし、私には覚えのないことだった。まず私は優等生ではなかったし、優等生になろうとも思っていなかった。極々普通の少年だったからである。

終戦後、初めての運動会といえば、鮮明な思い出がある。

昭和二十年十月十六日、住吉村の海岸で、旧制宮崎中学校の戦後復活第一回の運動会が催された。

騎馬戦、相撲、リレーなどが、グランドならぬ砂浜の上で次々に展開され、私達は久しぶりに平和の喜びをかみしめたものである。

この時の賞品がカライモで、一等が三個、二等が二個、三等が一個だった。

食糧難の時代で、私はカライモ欲しさに必死で走った。しかし、パンツに優等生と書いて走った記憶はない。いったい、何のことだろう。

だが、後でその謎がとけたのである。

八月十五日の終戦の思い出を語る会の席上で、ある先輩が、こう語った。

「とにかく物がなかったですねえ。私は母の帯芯《しん》をほどいて作った学帽をかぶり、同じ布地で作ったリュックをかついで、動員先から引き揚げました。下着もメリケン粉（小麦粉）の袋をほどいて作ったもので、大事に大事に着ていました」

それを聞いて、私はハッと思った。そうだ。私の下着もメリケン粉の袋をほどいて、母が手縫いで作ったものだった。

江平町に親戚の大きな米屋があって、母はそこから古い袋を何枚か譲り受け、私のためにシャツやパンツを作ってくれた。

袋の布地は木綿で、品名とか、重量とか、何やかやが青いインクで印刷してあった。それを消すために、母が何度も何度も洗濯していたのを思い出した。

そのパンツをはいて、私は走ったのだ。確か大きな字で「優等品」と書いてあった。字は薄くなっていたが、それをS君は見つけたのだ。だから、私がパンツに優等生と書いて走っていたと、勘違いしたのだろう。

私は、思わず吹き出した。「なあんだ」と思った。

S君は、小学校の頃からよきライバルだった。同じクラスで、彼が級長の時は、私が副級長だった。私が級長になったこともあった。

私はチビだったが、S君は背が高く、勉強がよく出来て、歌や絵もうまかった。相撲が強くて選手だった。

そのS君も今は亡い。少年時代の彼のカッコいい思い出と、「目立ちたがり屋だったよなあ」の言葉だけが、私の心に残っている。

コンコンブル

佐土原町の出身で、大宮高校から東大に進学し、三井信託銀行の重役をつとめた松尾明男君というのがいる。

彼とは三年近く、東京で一緒の下宿に住んだ。その松尾君、今は横浜市に住んで、夫人と共に時々の海外旅行を楽しんでいる。

ある時帰郷して、ふいに「渡辺さん、コンコンブルを覚えていますか」と言う。「もちろん」と答えると、フランス語の試験の前日に、私が、コンコンブル、コンコンブルと、何回も大声を出していたのが、今でも忘れられないと語った。

第二外国語にフランス語を選んだばかりに、なかなか単位が取れず、卒業間際まで苦労した。フランス語は全部忘れてしまったが、不思議にこのコンコンブルだけはよく覚えている。

ところが、このコンコンブルのお陰で、思いがけず大いに面目を施したことがある。

ある日、岩切章太郎社長が、宮崎交通の若い社員を集めて、昔の思い出話をした。

戦時中、宮崎商工会議所の会頭時代、県の商工連合会でパーティーを催した。物のない頃で、どんな料理を出したらよいか困った。

当時県内で一番のレストランは、県公会堂食堂だったが、そこの料理長に日高さんという人がいた。アメリカ仕込みで、西洋料理の大家だった。

その日高さんに「何かいい工夫はないか」と、岩切社長は相談した。

その時、日高さんが「コンコンブル・パーティーでいきましょう」と、答えたというのだ。

「おい、君達はコンコンブルを知っているか」と、岩切社長が聞いた。

「胡瓜《きゅうり》のことでしょう」と、私が答えると、岩切社長が「いや驚いた。コンコンブルを知っているとは」と、満足そうな笑みをたたえた。

私のフランス語が役に立ったのは、後にも先にもこの時だけである。

さて、そのコンコンブルだが、当時宮崎で料理の材料として手に入るものは、胡瓜と南瓜《かぼちゃ》だけだった。それと、魚は鰹《かつお》である。

岩切社長と日高さんは相談して、一卓十人のテーブルの真ん中に、ドカンと胡瓜の料理を出した。大皿に胡瓜の葉と蔓《つる》を配し、その上に胡瓜を並べた。南瓜は、中身に鶏肉を入れて丸のまま蒸して出した。まわりに黄色い南瓜の花を置いたら、とてもきれいだった。鰹は刺身だが、一尾そのまま姿作りにした。

会場には、花と観葉植物をいっぱい飾って、雰囲気を盛り上げた。料理は少なかったが、胡瓜の葉や蔓が、南瓜の花が、鰹の頭や尾が、すばらしい「目の御馳走」になった。

こうして、岩切社長と日高さんのアイディアで、コンコンブル・パーティーは大成功だったのである。

ＭＹさん

旧制宮崎中学の二年生の時、最上級生の五年生に、ＭＹさんという旧満州国の奉天一中から転校してきた先輩がいた。

硬派でもなく、軟派でもなく、まあ中間派というか、いや、やっぱり軟派寄りか、近所にきりりとした美人の女学生がいて、大いにモテていたのを覚えている。

私の中学時代といえば、戦時一色に塗りつぶされていたが、このＭＹさんは、浮世離れというのか、戦争離れというのか、いつも超然としていて、フワフワとしたやわらかい物の言い方ながら、何となく平和的な雰囲気を漂わせていた。

中学校の近くに同級生の家があって、そこに放課後、ＭＹさんと、Ｔ、Ｈ、Ｋの三人の仲間が集まっては、どこから手に入れたのか、煙草をスパスパと吸っていた。

仲間のＨさんの弟に、一年生で目のきれいな少年がいたが、ＭＹさんの「チゴ

（稚児）さん」という評判だった。

かくいう私も、当時は紅顔の美少年（笑）で、上級生が教室によく覗きに来たものである。

剣道部に入部したのが縁で、同じ仲間のKさんに見染められ、晴れてチゴになった。

チゴになって、初めてMYさん達のアジトに招待されたが、私はその雰囲気を見て、「不良部屋」と命名した。

ある時、その不良部屋で、皆が腹が減ったというので、近くのタンボで殿様蛙を何匹も捕まえてきて、股《もも》の肉を塩焼きにし、「白身の魚」と偽って食べさせたら、うまい、うまいと好評だった。

五年生が学徒動員に出発する前夜、私達はMYさんの自宅の送別会に招待された。

今は亡き母上が、苦労して集めた材料でいろいろと御馳走をしてくださった。くだんの美女学生も来ていて、かいがいしく手伝っていた。

MYさんは、動員先の小倉から上京して、予備士官学校だったかどこか、軍人の学校を受験したが、目が悪くて合格しなかった。

その頃私は、切手の蒐集に興味を持っていたが、MYさんはそのことを覚えていて、お土産に買って来てくれた。袋の中に珍しい切手がたくさん入っていてうれしかった。

もちろん、「チゴさん」にも買って来たが、美しいアルバム風で、私のよりずっと高価に見えた。恐らく持っていた小遣いを全部はたいたのだろう。

私は切手のお礼に、木で作ったモデルガンを進呈したが、MYさんはそれを使って、自分の家に強盗の真似をして侵入し、祖母を卒倒させたという話である。

MYさんは、戦後に九大の哲学科を出て、高校の教員になった。

郷土出身で、麦飯男爵の異名をとる高木兼寛博士の有名な言葉に、「病気を診ずして病人を診よ」というのがあるが、私は、MYさんの教員としての生きざまを眺めていて、まさに「成績を見ずして人間を見よ」の心を貫いた人であると思う。

そして、その「人への優しさ」は、きっとMYさんの青春時代につちかわれたものであると思えてならない。

二の景　天然の旅情

閣下と英語

子どもの頃、「親戚に閣下がいる」と、よく自慢したものである。

閣下の名前は、中村肇陸軍少将、祖母のいとこである。

宮中（旧制）に入ってから、先生や上級生からも、ナカムラハジメの名前はよく聞かされた。

宮中の大先輩で、在学時代はいつも一番で、陸軍士官学校でも英才中の英才、将来は陸軍大将と衆目が認めていたという話だった。

ただ、その頃の私は、あまり親戚、親戚と言わなくなっていた。偉過ぎて、自慢しようものなら、逆に「親戚にしては、お前は秀才でもないし、体格も貧弱で、似ても似つかない」

と、言われそうだったからである。

戦後何年かたって、県病院の前のうなぎ屋の前を行ったり来たりしている閣下を見かけた。挨拶をすると、「おう、見つかったか」と、何か悪いことでもしたように、恥ずかしそうな顔をした閣下の姿が印象的だった。

うなぎが食べたいが、奥さんから栄養の取り過ぎと注意されていたことが気になり、昼からうなぎとはゼイタクだと思ったり、考えあぐんで、行ったり来たりしていたという話である。

それにしても、かつての閣下が、本当にいじらしいと思ったことであった。

その後、宮崎観光ホテルでばったり出会って、昼食に誘われたことがある。閣下は、若い頃に私の祖母にあこがれていたという話をして、「とにかく美人じゃったつよ、辰五郎どんが嫁にもろた時は、のさんかった」と、少年のようにはにかむのだった。辰五郎とは私の祖父で、祖母の名前は、セキだった。

当時まだ独身だった私に、「綱纜君、ケツの太い女と結婚せんにゃいかんど、元気な子を生まんにゃいかんかいね」と言われて、ドギマギしたことを覚えている。

閣下のお通夜の晩に、やはり身内の麓満喜子さんから、おもしろいエピソードを聞いた。

それは、閣下が輜重《しちょう》兵総監の頃の話である。

閣下の運転士が、「少しスピードを上げます」と言った。すると閣下が、「スピードとは何だ。いま戦争中だぞ。敵の言葉を使うな。日本語で言え」と叱られた。

しばらくして、道路の脇からふいに子どもが飛び出してきた。驚いた閣下は、思わず大きな声を出した。

「おいっ、ストップ、ストップ」

急停車した運転士が、閣下の方をふり向いて言った。

「閣下、ストップは、いつから日本語になったのでありますか」

大学教授一年生

昨年私は、四十六年間お世話になった宮崎交通グループに別れを告げた。退職を知った宮崎産業経営大学の田代知代理事長と、黒木忍学長から、「教授にならないか」とお話があった。

というのも、経済学部（都城キャンパス）の観光経済学科で、非常勤講師として一年間、「地域観光研究（岩切章太郎論）」を講義した経験があるからである。大学の方針である「実学」に、私の講義内容がふさわしいからと、礼をつくしてのお誘いであった。

子どもの頃から勉強嫌いで、大学も、追試、追試で、やっと卒業した私である。そんな私に、大学の教授など出来る筈がない。お断りしたのだが、黒木学長と何度かお会いしているうちに、「やってみよう」という気になった。

そもそも、好奇心だけは旺盛な私である。

大学とは何か、教授とは何か、知ってみたいと、だんだん興味がわいてきた。そういうわけで、「よろしく」と返事をしてしまったのだが、さあ、後がたいへんだった。

週に二科目、「観光学概論」と「地域観光研究」を担当したが、そのほか、三つのゼミがある。一齣九十分の講義を週五回こなすのは、大学教授一年生の私にとっては、全くの難事業であった。

その上、私には教科書がない。宮崎交通で体験してきたことを、いろいろと分類し、筋道をたてて、講義メモを作る。

最初の講義は、「オアシス」だった。オハヨウ、アリガトウ、シツレイシマシタ、スミマセン、この四つの言葉が使えないようでは、観光を学ぶ資格はないと、熱弁をふるった。

私語をする者、途中で教室を抜け出す者がいる。最初は怒り狂ったが、途中で自己反省をするようになった。結局は、「講義がおもしろくない」「講義に興味がわかない」からではないか。要するに、私が悪いのである。

それに私は六十八歳(当時)、相手は十八歳から二十歳代である。私とは半世紀のへだたりがある。自分の考えを押しつけるのではなく、どうやって若い人たちに近づいたらいいのか、どうすれば理解してもらえるのか、そう思った方が早い。するとと、ずいぶん気が楽になった。今は、愉快（?）に講義を続けている。

若者は、やはり若者だ。私にないものをたくさん持っている。私は、若者から「気」をもらおうと思っている。その「気」をいっぱい吸いこんで、後ろばかり振り返らずに、前を向いて一生懸命歩いていこう。そういう希望もわいてきた。

「黒板に　書かれたことが　すべてなら　白いチョークを　一つください」

これは、ある大学が募集して、一位になった女子高校生の短歌である。

これからも、若者を信じ、期待し、夢をたくして生きていきたい。

夏の思い出・モヨ島

ブルッ、ブルッと、プロペラをまわしながら、セスナ機がデンパサール空港（バリ島）のエプロンに入ってきた。

ホテルがチャーターした専用機で、乗りこんだのは、私と家内、長男夫婦と小学二年生男子の孫、それにベルギー人の夫妻と、現地のビジネスマン一人のあわせて八人である。

私たちの目的地は、インドネシア・モヨ島のアマンワナ・リゾートである。息子が私に、宮崎交通で四十六年間働いたボーナスをプレゼントすると、前から約束していたのが、今度の旅行だった。

南海の紺碧の海を眼下に眺めながら五十五分、セスナ機は、スンバワ島の小さな空港に着陸した。

ワゴン車に乗って港に行く。港といっても、百メートル程の細い桟橋が一本、海に突き出しているだけ、そこにホテルのクルーザーが迎えにきている。

乗りこむと、さっそく従業員がシャンペンを持ってくる。オードブルに、生のニンジン、キュウリ、インゲン豆の盛り合わせが出る。ヨーグルトと、ピーナツ味噌につけて食べる。潮風に吹かれて心地よく、ついついシャンペンのお代わりをする。

「もう三本よ」と家内に言われて、さすがに四本目は、「ノーサンキュー」。

モヨ島まで七十五分、着いて思わず全員が歓声をあげた。透明な海に、色鮮やかなエンゼルフィッシュやコバルトスズメが、うようよと泳いでいる。すぐ沖には、大きな海亀がいっぱいいると、ガイドが説明する。

案内されたのは、「ジャングルテント」と呼ばれる一室で、テントの中に、応接室、寝室、洗面所、水洗トイレ、浴室とすべてが揃って、冷房もある豪華な部屋だ。

息子たちは、隣のテントに行く。「あのテントは、ダイアナ王妃も泊まった」と、ボーイが自慢する。

前方は海、後方はジャングル、そこに二十二棟のジャングルテントと、レストラン、管理事務所があるだけで、めぼしい建物は何もない。

もともと、少数の漁民が住んでいるだけで、電気も水道もない、ジャングルと海だけの島だった。そこに、世界のリゾートをめざすアマングループが、究極のテント村を作ったのだ。

空気が乾いているせいか、からっとしていて全然汗をかかない。夜は寒いくらいだった。

夕食が終わって、海辺に出ると、孫が「星、星、おじいちゃん、ホラ星が青いよ、青い、青い」と、興奮してさけんだ。

私たちは、思わず立ち止まり、息をのんで、満天の星空を見上げた。

そう、もう四十五年前になる。えびの高原にはじめて泊まった夜、これに似た感動を覚えたが、その数倍、いや、数十倍に思える。

空間のない、星だけの空、そういう感じだった。

テントに戻っても、何度か外に出ては、星空を仰いだ。芝生の上にバスタオルを広げて、寝そべっては眺めた。

森の奥から、ウーッ、ギーッと、低いが強い響きの動物の声がする。コウモリが頭上を旋回する。

息子が近づいてきた。「冷えるね」と言う。「ウン」とうなずきながら、「いい所に連れてきてくれて、ありがとう」と、感謝した。

そして、思わず、ポツンと言った。

「時間が止まってしまったような気がする」

岩切章太郎翁余話

その一

本当は、「夜話」にしたかった。小学生の頃、亡くなった父の本棚から、「二宮尊徳翁夜話」という文庫本を見つけた。

夜話という言葉が妙に気を引いて、読んでみた。期待とは全く異った内容だった。教訓と言った方がよかった。とにかく、小学生の私にはむつかしかったことだけを覚えている。

辞書をめくったら、「夜話」はなかったが、「余話」があった。こぼればなし、余聞、余録と書いてある。こちらの方が適切かなと思って、使うことにした。

前置きが長くなってしまったが、クイズというのが、あまり流行っていなかった頃の話である。だから、もう四十年ほど前になる。戦後、宮崎に芸者が復活して間もなくのことだったと思う。

岩切章太郎翁は、酒は一滴も飲まないが、宴会は好きだった。そして、座持ちがなかなかうまかった。

ある時、芸者衆にかこまれて、「二次会に連れて行って」とせがまれた。

酒は飲めなくても、二次会にはよく行った。もっとも二次会と言っても、バーやクラブではない。まだ、宮崎観光ホテルの料亭「山吹」がなかった時代で、「紫明館」(注・宮崎市大淀川畔の古い料亭)というのがあって、そこで宴会をしたら、二次会はそのまたお隣の「勝陸《かつろく》」と決まっていた。「勝陸」が一次会なら、二次会はそのまたお隣の「梅屋敷」へといった具合で、当時私たちは〝三御座敷〟と呼んでいたが、川野家の三兄弟が経営する三軒の料亭を、行ったり来たりするのが常であった。

そこで、芸者衆に食事を接待して、ゆっくりとくつろぎ、労をねぎらうというのが二次会の目的だった。

岩切翁は、「二次会か。そうだな、これから俺が出すクイズを当てたら連れて行こう」と約束した。芸者衆は、手を叩いて喜んだ。

「まず第一問だが、池の畔に大きな木が一本あった。男の子と女の子が二人登って遊んでいた。その中の一人が池に落ちた。さて、落ちたのは男の子か、女の子か。これが今夜のクイズだ」

先輩の芸者が、「ハァーイ」と手を上げた。

「女の子でしょう」と答えた。岩切翁が、「どうして」と聞くと、「だって、男の子は動作が機敏だから、落ちる筈がないでしょう」と言う。

岩切翁は、さも愉快そうに「それが違うのだ。男の子が落ちたんだよ」

「アラ、なぜ」と、芸者衆が声を上げた。

「答は、ボッチャーン。男の子だ」

宴席は、どっと笑いの渦に包まれた。

今度は、若い芸者が「もう一問出してください。次は絶対当てるから」と言った。

「そうだな。では、二番目の問題は」と改まると、「池の畔に大きな木が一本あった。男の子と女の子が……」と、全く前問と同じだった。

「ありがとうございます。当てさせていただくのですね。ハァーイ、男の子です」

「いや、違う、違う」と、岩切翁は真面目な顔をして、その芸者を見つめた。

「女の子が落ちたんだ」

「どうして」と、皆がいっせいに尋ねた。

「男の子は、オチンコ」

また、爆笑がわいた。岩切翁は、大きな口を開けて、さも楽しそうに「ハッ、ハッ、ハッ」と、笑うのだった。

クイズは当たらなかったが、芸者衆は、皆揃って二次会に招待された。

「稚気愛すべし」というが、岩切章太郎翁の天真爛漫な一面であった。

その二

岩切章太郎翁余話を集めた本がある。鉱脈社が、昭和六十三年に発行した『私の岩切さん』が、それである。岩切翁が亡くなって三年目の秋に発刊された。

この『私の岩切さん』は、その年の四月二十日から十月一日まで、宮崎放送のラジオを通じて、百五篇の岩切さんの思い出が放送されたが、それを一冊の本にまとめて出版されたものである。編集者は、宮崎放送のラジオ編成制作部長だった三上謙一郎さん（みやざきエッセイスト・クラブ会員）である。

私は、岩切翁の人間味を知る本として、この本の前にこの本なく、この本の後にこの本なしと思っている。

昔のバスガールから、友人、知人、企業の社長、銀行の頭取、大学の学長、文人、画家、マスコミ関係と、どの一篇を読んでも、新鮮で、ほのぼのとしていて、涙あり、笑いあり、感動あり、「これが、本当の岩切章太郎さんだ」と、実感することばかりで、まさに珠玉のエッセイ集である。

今更ながら、三上謙一郎さんの当時の取り組みには、頭の下がる思いである。

そのたくさんのエッセイの中でも、特に私の印象に残ったのが、宮崎市の重増正子さんの話である。

重増さんは、昭和十五年に高等小学校を卒業すると、宮崎交通の前身である宮崎バスに入社し、市内線のバスガールになった。

初乗務のその日、中村町のバス停から大淀駅（現在の南宮崎駅）行きのバスに、中年の紳士が乗って来た。一番後ろの座席に座ったので、すぐ行って「切符をお願いします」と言うと、「パス券があるのだが……」と、ポケットに手を入れ、「あ、忘れてきた」と今度は財布を探した。ところが、「財布も忘れた」とのことである。

バス会社の前で降りて、すぐ払うからと言うその紳士を、重増さんは社内まで追いかけて、料金を受け取った。五銭だった。

その時紳士が、「何々クン、ちょっと五銭貸してくれ」と言った相手の人が、重増さんが、入社式で見た会社で一番偉い人だった。

その偉い人に、「何々クン」と言ったので、その紳士は余程位の高い人だと思った。周囲の社員が、びっくりして事の成り行きを見つめていたそうである。

急いでバスに引き返すと、もうバスは発車していた。終点まで走って行くと、運転士が降りて来て、「さっきん人は、岩切章太郎社長じゃが、あんげ合図をしたつに……。もう、あんたはクビじゃが」と、怒られたという話である。

このエピソードは、宮崎交通では有名な話で、私が入社した昭和二十八年にも、まだ皆が知っていて、生々しくその時の状況を聞かせてもらったことがある。

ただ、バスガールの名前は誰も忘れていたが、『私の岩切さん』で、その人が重増正子さんであることを知ったのである。

この話には後日談があって、クビを覚悟していた重増さんに、こんな話が届いたのである。

宮崎交通には、修養会というのがあって、毎月二十九日に本社の講堂に社員が集まって、岩切社長の話を聞く。その席上で、社長がその日のことを話した。

「先日、市内バスに乗った。降りる時にふと見たら、赤いカーネーションの花が飾ってあった。たいへんよかった。そういう心づかいが大切だ」

この花は、初乗務の思い出に、重増さんがその朝、飾ったものだった。

岩切社長は、たとえ名前は忘れても、この時のバスガールのことは、恐らく一生忘れなかったであろう。

切符代をもらおうと、会社の中まで一生懸命ついて来た。仕事熱心であるだけでなく、カーネーションの花を車内に飾るそのやさしさ、床しい心、それこそ岩切章太郎社長が、常に求めていた社員像であった。

人生にはいろいろのドラマがある。この話は、小さな、小さなドラマであるが、私には何物にも勝るすばらしい宝物に思えてならない。

そういう岩切章太郎翁余話が、いっぱい詰まった『私の岩切さん』。そして、それを放送し、編集し、出版した三上謙一郎さんに、心から感謝の気持ちを捧げたい。

ありがとう。三上謙一郎さん。

母の思い出

蘇州夜曲（一）

「思い出のメロディ」だったか、何だったか、番組は忘れたが、テレビから久しぶりになつかしい曲が流れてきた。渡辺はま子さんが歌う「蘇州夜曲」である。

母が亡くなって、もう五年になる。その母が好きだった歌が、蘇州夜曲であった。

父は、私が小学校の二年生の時に亡くなった。未亡人になった母は、私と二人の妹を連れて朝鮮から引揚げて来た。昭和十四年の早春である。

母は、日南市の飫肥町で味噌、醤油、酢の醸造業を営んでいた石束家の娘として生まれた。

青春時代を何不自由なく過ごし、飫肥女学校を卒業すると上京して、私立の美術学校に学んだ。

しかし、華やかな東京の空気になじめなかった母は、故郷の方角を眺めながら、いつも寮で泣いてばかりいたそうだ。

とうとう中退して帰郷したが、兄の林《はやし》が宮崎中学校に進学していて、その下宿先であった紺屋という染物、薬種業の長男と見合結婚した。渡辺一男、私の父である。

小学校の教員であった父は、新婚早々の母を連れて、釜山市の第五高等尋常小学校に勤務した。その父も、転勤先の蜂谷という小さな島で、急性肺炎で死んだ。三十六歳で、母は二十七歳だった。

宮崎に帰ってからの母は、苦労の連続だった。当時、女性の働く場所は殆ど無かったからである。

私がよく覚えているのは、その頃、宮崎市で開催された皇紀二千六百年を祝う「日向建国博覧会」の入場券売場で働いていたことである。母を呼び出しては、妹と一緒にタダで入れてもらった。

その後は、清酒初御代で有名な金丸本店が親戚であったのが縁で、国道沿いの我が家を改造して小さな店を作り、「渡辺三千江酒店」の着板を上げた。

しかし、戦時中ということで、酒はすぐ統制品となり、味噌、醤油も配給制となって、とにかく売る品が無くて困った。それでも母は、商品を探して奔走し、三人の子どもと父の老母をかかえて懸命に働いた。

夕食が終わって、風呂に入り、浴衣姿で縁側に座った母が、団扇をパタパタさせながら歌っていたのが、蘇州夜曲である。

歌はあまり上手ではなかったが、何か哀調を帯びた歌い方で、眠れないのか、夜中に起きて歌うこともあった。

蘇州夜曲は、西條八十の作詞、服部良一の作曲、そして、渡辺はま子の歌である。

縁があって、私はこの三氏とそれぞれ宮崎で、数日間を過ごす機会に恵まれた。特に、服部良一氏は何度も訪れて、交際は亡くなるまで続いた。今でも、真理子夫人や長男の克久氏とは、親しくしていただいている。

西條八十氏にも、服部良一氏にも、渡辺はま子さんにも、私は「母の好きだった歌です」

と、蘇州夜曲の話をした。

おもしろいことに三人が、全く同じ返事をされた。

西條八十氏「私の作った流行歌で、一番好きな詩が、蘇州夜曲です」

服部良一氏「僕の作曲した歌の中で、一番好きな曲が、蘇州夜曲です」

渡辺はま子さん「私の歌で一番好きなのが、蘇州夜曲です」

母が亡くなってお通夜の席で、私はその話を、斎主をつとめていただいた宮崎神宮の原賢一郎禰宜《ねぎ》に語った。

原さんは黙って聞いておられたが、驚いたのは翌日の葬儀であった。

斎主の祝詞《のりと》の中に、「君がみ胸に抱かれて聞くは、夢の舟唄恋の歌……」と、母の好きな蘇州夜曲の歌詞が、朗々と唱えられたのである。

柩の中で、母がどんなに喜んだことであろうか。


（付記）

最近、私は念願であった中国の蘇州を訪れた。蘇州は工業の町に変貌していた。柳の並木も目立たず、堀川にはコンクリート船が往来していた。寒山寺の鐘も、日本人の観光客が行列をして、ゴーン、ゴーンと撞いていた。

政治好き（二）

母の政治好きは有名だった。もう四十年以上も前の話であるが、江平町の婦人会長をしている時、有馬宮崎市長を迎えて何かの大会が開かれた。その時、市長よりも熱弁をふるって、有馬市長が「江平には偉い女性がいる」と、感心したというエピソードがある。

また、母の従兄で戦前に県議会の副議長などをつとめた日高源次が、「三千江が男なら代議士にしたかった」と、身内にしばしば語っていた。

そんな母であるが、晩年は衆議院議員の江藤隆美氏に、熱を入れていた。江藤代議士の後援会の幹部もしていて、どんなに忙しくても会合を欠席するということはなかった。選挙の時には、家に居たことがなかった。

江藤代議士から自民党の党員の獲得を頼まれると、朝から晩まで走り廻って、何百名も入党させ、党大会で中曽根康弘総裁から表彰され、首相官邸のパーティーに招待されたこともある（この時は、私が付添いで上京した。たった一度の親子二人水入らずの旅行だった）。

たまに、江藤代議士のことを批判する人がいると、「あんななあ、そこが江藤先生のいいとこよ」とか、「それがなかったら、江藤先生らしくないがな」と、反論していた。

その母も、自民党宮崎支部の婦人部長になると、江藤先生のことばかり言ってはおられなくなった。同じ一区から、大原一三代議士が出ていたからである。

選挙の時には、大原事務所にも度々顔を出し、選挙カーにも乗った。

しかし、大原代議士がトップ当選して、運輸大臣だった江藤代議士が落選した時は、三日間程は口もきかず、食事にも出て来ないので心配したことがある。

うっかり「油断したつよな」と口をすべらしたら、顔を紅潮させて「大臣がそんげ選挙区に帰って来れるもんね。何言よっとね」と、怒られた。「こんつぎは、最高点じゃが」と言って、ようやく機嫌を直してもらった。

気性の烈しい母だったが、どこかとぼけたところもある人だった。

大原一三代議士の後援会で、母が万歳三唱の音頭を頼まれた。

壇上に立った母は、何ということか、大きな声で、「大川橋蔵先生、バンザーイ」とやったのである。

俳優の大川橋蔵のファンであったことは知っていたが、それにしても、後援会で大事な先生の名前を間違うとは、全く不謹慎な話である。出席していた妻や妹が、「あの時を思い出すと冷や汗が出る」と、今でも語っている。

そんなことで、次の会では万歳三唱ではなくて、閉会の挨拶に廻された。ところが、またまた大失敗をしたのである。

「皆様、時間となりました。これをもちまして閉店致します」と、挨拶した。酒店の経営者ということを知っていた出席者からは、大爆笑が起こった。

（付記）

こども会で母が話をした。「コッカ・コーラー（コカ・コーラ）ばかり飲んでないで、読書をしなさい。私の少女時代は、シャンデリア姫（シンデレラ姫）など、世界や日本の童話をよく読んだものです」。堂々としていて、誰も間違いに気がつかなかったという。

余話と夜話

私は、作品集6の「風のシルエット」に、岩切章太郎翁余話を書いた。そのなかで、本当は夜話にしたかったのだが、辞書になかったと述べた。本が出て間なく、季刊誌「ユー」の編集長をしている岩切富士夫君（元宮崎交通企画宣伝課）から、電話があった。「夜話は辞書にあります。ヨワでなく、ヤワで見てください」。

私は、思わず顔が火照るのが分かった。そうだ、ヤワなのだ。何でヨワと思いこんでいたのであろうか。全く恥ずかしい話である。

さっそく、辞書を引いた。「夜話……夜の、くつろいだ話。よばなし。」とあった。余話は、こぼればなし、余聞、余録である。エッセイの内容から余話でよかったとは思ったが、それにしても「夜話は辞書になかったので、余話にした」など、堂々と書いて恥じいるばかりである。読者の皆さんにも、本当に申し分けない。伏して、お詫びを申し上げる次第である。

川端康成先生のなつかしくもおかしな思い出話

人間は一生でたくさんの人々との出会いがある。なつかしい思い出がいっぱいある。

その中で、特に一人を挙げよと言われたら、私にとっては「宮崎観光の父」と呼ばれる岩切章太郎翁であろう。では、二人目はと聞かれたら、迷わずにノーベル賞作家の川端康成先生と答える。

川端康成先生は、ＮＨＫ連続テレビ小説『たまゆら』の取材で、昭和三十九年十一月十六日から宮崎市に十五日間滞在された。そして、最後にえびの高原に一泊、鹿児島市に一泊して、鎌倉に帰られた。

当時、宮崎交通の企画宣伝課長であった私は、ＮＨＫの依頼で十七日間ずっと先生のお世話をした。最初の一週間は私一人で、そして後からは東京から駆けつけた養女の政子さんと、ＮＨＫの長與孝子プロデューサーと四人で行動した。

先生が宮崎の旅を終えて、鹿児島に行かれてから、鴨池の空港を飛び立たれるまでの二日間、川端康成という日本の現代作家を代表する人の本当に知られざる場面に接することができた。あれから三十九年の歳月が流れたが、ぜひ書いておきたいと思う。

その一　キャバレー

鹿児島の第一荘という天保山の松林にかこまれた海の見えるホテルで、夕食が終わってから川端先生が私の顔をまじまじと眺めながら言われた。

「渡辺さん、飲み足りないでしょう。お別れですから、今夜はオツキアイしますよ」

先生はお酒は一滴も飲まれない。それでも私は、宮崎では毎晩のように先生をお誘いした。覚えているのは割烹富士、季節料理の釣雨亭、クラブ灯などである。お酒の飲めない先生に悪いので、私はできるだけ控え目にふるまった。そのことを先生は気にしておられたのだろう。「オツキアイしますよ」という言葉に、先生の思いやりがこめられていた。

私は、その頃南九州ふそうという鹿児島に本社がある自動車販売会社に勤務していた、西田和善君に電話をした。彼は鹿児島大学の出身で、以前宮崎交通に居て私とは兄弟のように親しかった。

「どこかパッとする所に行きたい」という私の言葉を受けて、西田君が案内したのは天文館通りの「E」という鹿児島では一番大きなキャバレーだった。

私は、朝日新聞の鹿児島支局長をしていた浜川博氏にも連絡した。宮崎支局長時代によく飲んだ仲間で、川端文学の大ファンだったからである。

周囲を気づかって、私達は一番隅のテーブルを選んだ。ところがである。「川端康成よ」というささやきがあちこちで起こり、次から次にホステス達が現れた。座り切れずに、支配人が中央の広い席に連れて行った。

先生はほとんど無口で、あの大きな目玉で美女達の顔をじっと眺めるだけだった。

どちらが客か分からなくなったので、私は西田君をうながして店を出ることにした。

立ち上がって入口の方に向かった私達を一人の若い男が追って来た。何かわめくと、先生の頭を平手でピシャッと叩いたのである。びっくりした先生は、手を上げてかばいながら、その場を逃れられた。一瞬の出来事である。

先生のまわりにホステスが集中して、居なくなってしまったので、やっかんでの仕打ちだったのだろう。先生がケロリとしていて、何も言われなかったのが救いだった。それにしても忘れることのできない鹿児島の一夜だった。

その二　パチンコ

キャバレーを出て、私達は天文館の通りを歩いた。一軒のパチンコ屋の前で、先生はふと足をとめた。ネオンがチカチカとして、景気のよい音がしていた。

長與孝子さんが、「先生はパチンコをされたことがありますか」と聞いた。「いいえ」と返事をされた。

「おもしろいですよ」と長與さんが言うと、先生は「じゃあ、やってみましょう」と店の中に入って行かれた。

財布から千円札を出すと、長與さんに渡して「どうするのですか。あなたがしてみてください」と言われた。

先生は長與さんの横に立って、不思議そうにじっとその手つきを見ておられた。玉が入って、チーン、ジャラジャラと音がすると、「フッ、フッ、フッ」と笑われた。その顔はまるで少年のように無邪気だった。

その三　ローマの乞食

翌日、私は鴨池空港で先生を見送った。前日、東京から制作の打合せに鹿児島入りしたNHKテレビの畑中庸生監督も一緒に帰京した。

十七日間を過ごした先生との別れはさびしかった。空港で私は殆ど口を開かなかった。

それを察したのか、先生はニコニコしながら私の横に座られた。そして、顔をのぞき込むようにして話しかけられた。

「渡辺さん、あなたは乞食に間違われたことはありませんか」

「エッ、乞食。いいえ、またどうしてですか」と、私は聞き返した。

「ずっと前にローマに行った時のことですが、トレビの泉というのがあるでしょう」

「ええ、ヘップバーンのローマの休日という映画で観ました」

「あそこの近くのベンチで、私は昼寝をしたのですよ。ちょっと横になったら、ポカポカと暖かくていい気持ちになりましてね。疲れてたのでしょうね、寝てしまったのです」

「ええ、そして」と、私は思わず先生の顔を凝視した。

「びっくりしましたね。目を覚ましたら、私のまわりにイタリアのコインがいっぱい散らばっているのですよ」

「どういうことでしょう」

「乞食に間違われたのです。東洋の貧しい、かわいそうな老人と思われたのですよ」

言い終ると、先生はあの特長のある「フッ、フッ、フッ」という笑い声をたてられた。

私も、そばにいた長與さんも畑中さんも、思わず笑いころげた。

先生は私を、笑わせよう、元気をつけようと、わざわざとって置きのエピソードを披露されたのであろう。

私は、おかしいやら、うれしいやらで思わず涙がにじんだ。

「そして先生、そのお金はどうされました」

「全部頂きましたよ。私にくださったのですからね」

しばらくは、まわりに笑いが渦まいた。

川端康成先生のなつかしくも、おかしな思い出話である。


（付記）

川端康成先生は、昭和四十七年四月十六日、逗子マリーナのマンションの一室で、ガス管をくわえて自殺をされた。

私は、先生の死後十日間ほどして鎌倉を訪れ、秀子夫人にお会いした。

「私は、主人がどうして死んだのか分からないのです」と言って、夫人は涙ぐまれた。

先生は、「眠りたい」と言うのが口ぐせだった。何度も聞いた言葉だった。

こどものくにの浜辺で、先生と二人、腰を下ろして、海を眺めたことがある。どういうきっかけだったろうか。自殺の話が出た。先生はぽつんと言われた。

「自殺は人間の道に背きます」

「人間は、自然の姿で死ぬのが一番美しいのです」

その先生が、何故自ら死を選ばなければならないのか。

先生は眠りたかったのである。ただひたすらに眠りたかったのだ。

私は、いまも先生の自殺を信じることができない。

天然の旅情

私は朝鮮で生まれた。生まれた家は戸籍によると、朝鮮慶尚南道釜山府大新町千五十番地とある。亡くなった母三千江の話では、その家には、私が生まれてから、一年ほど住んだという。

広い部屋があって、奥が縁側で庭が見えた。その部屋で、私は母方の祖母タネに抱かれていた。母が呼んだので、私はハイハイをしながら寄って行った。母は私を抱き上げ、頬ずりをしてくれた。

小学生の頃だったか、母にその話をした。母はその通りだと言った。庭があって、狭いながらもいつも青々としていた。祖母がよく来て、母と向かい合いに座っては、私にハイハイをさせて喜んでいた。

しかし母は、「まだ生後一年足らずでそんなことをはっきり覚えている筈がない。恐らく祖母が語ってくれたことを、自分の記憶のように思っているのだろう」と言って笑った。そうかも知れない。しかし私は、今でも自分の記憶だと思い続けている。

　次の家は、同じ大新町の二棟続きの家で、部屋は三つあったような気がする。やはり庭があって、愛犬メルの小屋があった。この庭で家族揃って撮った記念写真を大事に持っている。母と父一男、妹の郁子と弘子、それに私とメルが写っている。五歳の時だった。

　この家にはよく泥棒が入った。昼間が多くて、盗られた物は鍋とか釜とか台所用品だったが、隣に移ってきた祖母が「ドロボー、ドロボー」と、かん高い声を上げながら追いかけて行った光景もよく覚えている。

　この家ではいろいろなことがあった。母が子宮外妊娠で入院、手術。退院のその日、玄関を上がるなりワッと泣いた。何が悲しかったのか、祖母が一生懸命慰めていた。

　昭和十二年四月、私はこの家から釜山府立第二尋常小学校に入学した。新しいブカブカの学帽、大きなランドセル、手にはスリッパの袋をぶら下げて、母と校門をくぐった。

入学して二日目、母が学校に私を迎えに来て、高等小学校の教員だった父が、慶尚南道統営郡蜂谷村という小さな島の小学校の校長として、転任することになったと告げた。

あわただしい引っ越しだった。祖母と泣き別れして、一家は釜山港から船で丸一日かかって、蜂谷島に向かった。大きな船から小さな船に乗りかえ、最後はハシケで島に着いた。

港はなく、海中に一本の丸太の桟橋があった。海辺には、全校生徒四十人余りが迎えに来ていた。若い女の先生が駆け寄って来て、「長谷川局《つぼね》です」と挨拶した。父が私をふり返って、「お前の担任の先生だよ」と紹介した。蜂谷小学校は先生が二人。長谷川先生が一、三、五年生を、父が二、四、六年生を受け持ち、校長は兼務であった。

校長官舎は学校と棟続きで、部屋は和室が二間と台所の横にオンドル（朝鮮式床暖房）の部屋があったが、電気はなく、ランプの生活だった。

空気の澄んだ、海の明るい島だった。日曜日には、父と一緒に船釣りに行くのが楽しみだった。小鯛がよく釣れて、キラキラと陽に輝きながら揚がってくる。

その瞬間の感動は、今も忘れられない。

島には日本人と韓国人が半々住んでいたが、トラブルもなく仲よく暮らしていた。みな素朴で親切だった。何年も住みたいと思った。

ところが、昭和十四年二月十二日、父が突然教壇で倒れたのである。風邪で高熱があったが、無理をして出勤したのがよくなかった。急性肺炎だった。

医師は巨済島という島に居たが、海が荒れていて到着が遅れた。父は虫の息だった。十五日の早朝、母が私を起こしに来た。父が呼んでいるというのだ。

私は父の枕元に正座をした。父は苦しそうだったが、それでもはっきりと言った。

「お父さんはもうすぐ天国に行く。普通列車で行くつもりだったが、特急に乗ってしまった。早く着くので今のうちに言っておく。どうか、正しい立派な日本人になってくれ。それだけがお父さんの願いだ」

そして、「もう寝なさい」と言った。目が覚めたら亡くなっていた。母一人に見守られて静かにこの世を去った。三十六歳だった。母は二十七歳で、未亡人になった。

父の郷里の宮崎市には家があった。江平町三丁目一〇七番地。国道10号沿いで、現在のNHKの東側になる。当時としては大きな家で、和室の八帖が二間、四帖半が四間、台所は広い土間で、五右衛門風呂の浴室もあった。

家の前に広い溝があって、いつも水が流れていた。大宮高校の弦月湖と結ばれていたので、大雨の時など、フナやナマズが土間まで泳いできて、パチャパチャと音をたてていた。

未亡人になった母は、道路に面した四帖半二間を改造して、小さな食料品店を開いた。同じ江平町の酒造業金丸本店が親戚だったので、後に酒小売業の専門店となり、「渡辺三千江酒店」の看板を出した。

金丸本店の先々代金丸寅平《とらへい》さんや、分家の亮一《りょういち》さん、先代の忠夫さん（トミさんの夫・養子）にはたいへんお世話になった。

母は借金も財産と思っているような人なので、銀行に頼みこんでは何度か家を建て替えた。最後は、八十坪の店舗（一階）と住宅（二階）を新築した。

私は、以前から店舗と住宅が一緒というのが、どうにも気にいらなかった。落ち着かなかったのである。小さくても独立した我が家が欲しかった。

昭和三十一年、宮崎交通に入社して三年目、まだ独身だったが家を建てた。店の裏だったが、店とは完全に切り離した独立の家屋だった。施工は淀建設である。住宅金融公庫から融資を受け、わずか十二坪の木造住宅であるが、自分で間取りの図面を書き、お気に入りの家ができた。八帖の洋室、六帖の和室、玄関、台所、浴室、便所と揃っていて、友人たちから羨しがられた。ただ、台所はカマド、浴室は五右衛門風呂でタキギ、便所は水洗ではなかった。

その年の秋、結婚した。宮崎交通同期入社の五人から、電気釜をお祝いにもらった。こんな便利な物ができたのかと、妻と感激し喜んだ。

高度成長の波に乗って、テレビ、洗濯機、冷蔵庫と、次々に電化製品が登場し、家計は月賦の支払いに追われた。それでも夢は限りなく広がっていった。

大阪で開かれた万博の会場で、松下館を見て、こんな家が欲しいと思った。たまたま、その翌年に神戸からナショナル住宅の代理店が進出して来たので、さっそくパンフレットを見せてもらった。松下館をモデルにした方形の家というのが気に入って契約した。大塚町竹下五二〇の二五番地、通称もみじケ丘の高台に土地を購入していたので、そこに新築することにした。まだ土地のローンも終わっていないのに、無茶なことをと反対もされたが、物価が年々上昇しており、給料もきちんと昇給していたので、「何とかなる」と思い切った。

この方形の家も思い出が多い。私が課長をしていた企画宣伝課の課員一同が、新築祝いに、万博の会場から払い下げを受けた国旗掲揚柱を庭に建ててくれた。あまりに立派なので、毎日、日の丸の旗を上げた。

劇団四季の浅利慶太さんが泊ったり、作家の檀一雄さんも訪れた。中学生の長男が飼っていた全長一メートルもあるイグアナが、ノソノソと玄関に出迎えて、檀さんをびっくりさせた。その時の檀さんの第一声が、「こいつはうまいぞう。おい、焼肉にしよう」だった。

方形の家は、ナショナル住宅県下第一号ということもあって、同社のパンフレットにもカラーで紹介されたり、話題を呼んだ。

台風で近所の家の屋根が空中に舞い上がり、我が家を直撃して、屋根も家の中も目茶目茶になったこともある。この際建て替えようかとも思ったが、思い出の多い家なので、元通りに復元した。

しかし、その思い出の家ともお別れする日がやってきた。昔から天井の高い、だだっ広い部屋に住みたいと思い続けてきた。方形の家は便利はよかったが、合理的で無駄の部分がなかった。無駄がないということは、窮屈であるということである。

昨年一大決心をして、恐らくここで私の生涯を終えることになるであろう、その家を建てた。まだ新しい母の隠居の家（八帖と六帖の和室、玄関、台所、便所も母屋とは別）を残して、方形の家は全部こわすことにした。

新しい家は、公民館のような多目的な広い部屋が一つあればよいと思ったが、いろいろと考えて、いつでもゴロリとなれる寝室と、二階に散らかし放題のできる書斎を作ることにした。

上村陽一氏（福岡）の設計、西田工務店（宮崎）の施工だが、竹中工務店の社員だった杉野一登さんに何かと協力してもらった。庭は職人魂あふれる福園辰義さんが中心になって作ってくれた。木と紙と土、昔からの日本の住宅を基本にした。それと、宮崎は観光都市だ。個人の住宅も観光地にふさわしい家、通る人にも心地よい家というのが望みだった。

私は今、充実感でいっぱいである。この家なら安心して死ねると思っている。

通夜の時は、「ここに俺の柩を置いて、お前達はここに座って」と言うと、妻は「縁起でもない」と怒ったが、私自身は万更でもない気持ちである。

目の前に一冊の本がある。檀一雄の絶筆『火宅の人』である。

……だがたとえ〝火宅の人〟と言われようと　私には私の生き方がある
所詮哀れな人々の賑いの中　天然の旅情に従って　己れをどえらく解放してみたい……

本の帯の一節であるが、七十三歳の私が、これまで「家」を通じて求めてきたものも、行き着く所は、その天然の旅情である。

見果てぬ夢の淵にどうにかたどりつき、新しい家の窓から、遙かに鍔塚の山々や、豊かな大淀川の流れを眺めて、悠久の思いにふけり、庭に出ては、妻が丹精こめて育てている山野草たちの可憐な表情に、安らぎを覚える。これこそ、まさに私の天然の旅情でなくて、何であろうか。

三の景　カタツムリのおみまい

幻の原稿

(一) 岩切章太郎翁の二十回忌

今年の七月十六日は、宮崎観光の父岩切章太郎翁の二十年目の命日だった。翁を偲んで何かをしたいと、いろいろ考えたが、宮崎交通が産業再生機構の支援を受けて再出発したばかりだったので、できるだけ静かに、質素に、それでも心をこめてと、墓前でささやかな「献花祭」を催した。

宮崎交通ＯＢの日高明、小松信也、前村一平、松方健一郎君たちに世話人になってもらって、翁にゆかりのある人達に呼びかけた。

先輩の黒木静也さん、神田橋優さんも、たいへん喜んで参加してくださった。岩切家には、気を遣われないようにと連絡をしなかった。

十一時に墓前に集合、小松君の司会ではじめた。まず黒木さんが挨拶、その後佐藤紘子さん（元宮崎交通秘書課）が一人ひとりに、白い菊の花一輪ずつを手渡し、献花した。

元宮崎県観光協会副会長の浅野文彦さん、専務理事の地村忠志さん、常務理事の本條敦巳さん、元宮崎市観光協会常務理事の横山茂生さんらが、次々に花を供えた。

地村さんは、大きな赤いバラの花束を持参していた。毎年お供えをしていることを知っていたので、前日に電話して、「バラは、夏はすぐしおれるから駄目ですよ。菊の花を用意しますから……」と言っておいたのに、翁の一番好きな花だからと今年は大きな花瓶まで用意して来られた。

翁が一高の学生時代、当時女子大生だったタメ夫人に『赤いバラ』という小説を書いて贈ったことを、地村さんはよく知っていたのである。

『赤いバラ』は、タメ夫人一人のために書いたのだからと、私は翁に何度もお願いしたが、読ませてもらえなかった。

ただ、小説の最後に記した二首の歌だけは後で聞くことができた。

いかばかり　恋しき花ぞ　われゆえに　とわに忘れえぬ花
忘れえぬ　その花びらの　燃ゆる火に　心こげよと　君恋うるなり

若き日の章太郎翁の情熱が、炎のように燃えさかっている。

献花台は、小森正業君が白い発泡スチロールの箱を竹を編んだ網《あみ》で囲い、すばらしい物を作ってくれた。水をたたえて、それに花を差した。

献花が終わって、翁の亡き後、デュークエイセスが墓前で歌った「不死鳥《フェニックス》よ永《と》遠《わ》に」の録音テープを聴いた。この曲は、岩切翁の金婚式のお祝いに、私が作詞をして服部良一氏が作曲し、当時経営計画室長だった関正夫君が、宮崎観光ホテルの祝賀会で、翁夫妻を前に熱唱した思い出の歌であった。

関君も出席していたが、当時を偲んで感無量のようであった。

「不死鳥よ永遠に」は三小節あるが、最後の一小節だけを紹介しよう。

日南海岸　海青く

えびの高原　星澄みて
湧く歌声は　旅人の
心にふれた　よろこびか
大地に絵をかく　夢楽し
ああ　不死鳥よ永遠に　岩切章太郎

献花祭の前々日に、松方君と食事をした時のことである。

「こんなめずらしい原稿が出てきましたよ」と言って、私にコピーを渡した。松方君は岩切翁の秘書（課長）だった。

それは「私と服装」と題するエッセイで、宮崎交通会長岩切章太郎の名前が入っていた。私は、ハッと思った。四十年前のことが鮮明に思い出された。

「松方君、これは僕が書いた原稿だよ」

「でも、岩切会長の文章ですよ。そっくりですよ」

「いや、会長の日頃の話の中から、その気持ちになって僕が書いたんだ」

「でも、渡辺さんの文章ではない。どう考えても岩切会長の文章ですよ」

その通りである。しかし、岩切会長は一言一句も書いていないのだ。

実は、ある一流のファッション雑誌から、岩切会長に、〝名士と服装〟の特集をするのでと、原稿の依頼があった。

ところが、〆切が過ぎてもなかなか原稿ができない。出版社からは矢のサイソクである。思い余って、当時企画宣伝課長だった私が書いて、岩切会長のところに持参した。

岩切会長は、「うーん、まるで俺が書いたようによく書けている」と、賞めてくれた。

「それでは、これで送らしていただきますが、宜しいでしょうか」

「ダメだ。俺が書く」

結局、岩切会長は自分で書いたが、服装とは全く関係のない、観光の苦労話だった。

出版社では困ったらしいが、特集ではなくコラムにして掲載された。

結局、私の原稿は幻に終わったのである。

岩切翁の二十回忌に、この原稿が出てきたのも何かの縁だと思う。

岩切翁も、きっと草葉の蔭で「渡辺、まだまだ、お前には俺の文章は書けない」と、笑っておられるような気がする。

今では若気の至りだったたと大いに反省しながらも、それにしてもよくもまあ書いたものだと、なつかしい気持ちでいっぱいである。

(二) 幻の原稿

何の会だったか忘れてしまったが、ある時いろいろな人が集まって、お洒落談《しゃれ》議に花を咲かせたことがある。どうだこうだと一通りの話題がはずんだ後で、ある人が、「岩切さんみたいなのを、どうでもいいお洒落というんだ」という。「おい、どうでもいいお洒落とは何だい」と聞くと、つまり、どうでもいい——と、少しも構っていないようで、そのくせ何となくやっぱりお洒落だというのである。これには参って、「おいおい、あまりひやかすなよ」といって笑ったことだが、しかし、どうでもいいお洒落とは、なかなか面白い言葉じゃないかと思った。

ある理髪屋のおやじが、いろいろと注文をつけるお客は案外やり易いが、どうでもいいというのが一番むつかしい。そういうお客に限って、かえってお洒落な人が多いものだと話していたが、成程そういうものかも知れない。自分のことにはどうでもいいらしい僕も、ほかのことになると、妙に気がつくし、気になるからおかしい。

観光バスガイドの制服だってそうだ。それぞれに担当の重役もおり、部課長もいるのだが、やっぱり自分で、色やデザインを確かめないと気がすまない。バスガイドの制服は、白い襟《えり》が生命だと思っている。あの白い襟に、日向乙女の楚々たる風情を出してみたいなど、あれこれと思いめぐらす。そして、「会長は若いですよ」と、みんなから笑われるのである。

誰でも、夢というものがある。夢のある人は青年で、夢のない人が老人だと思っている。

だから、夢をみているうちは、いくら年をとっても青年なのである。

僕の夢は、そういうとたいへん大げさだが「宮崎県という大地をカムバスにして、思いのままに絵をかいてみたい」ということである。

そう思って、日南海岸にフェニックスを植えたり、サボテン公園をつくったり、こどものくにへ亜熱帯植物の群落をこしらえ、海岸の砂丘にらくだの親子を歩かせたり、孔雀やリスを放し飼いにしたりと、とにかく好きなことをわがままいっぱいにやらせてもらっている。ホテルや空港ビル、ゴルフ場づくりにしても、やってることとみなそうである。

バスの走る道路の沿線に花や木を植えて、公園の中をバスが走るようにしたい、即ちロードパークというのが僕の見果てぬ夢である。

フェニックスはもちろん、カンナや夾竹桃をはじめ、随分たくさんの植物を植えては一生懸命育ててきた。はじめ、困った道楽だと顔をしかめていた人たちも、いや立派な道楽ですなと、お世辞にも褒めてくれるようになった。

若くで田舎に帰ることを決心した時、僕の思ったことは、田舎化しないということだった。そのためには、絶えず日本の一番新しいことに目をつけていようと思った。

服飾の世界でも同じことだと思う。とにかく遅れてはならないということである。

アンパンの唄

上條光子（旧姓楠）さんが亡くなった。六十五歳だった。

光子さんは宮崎県都農町の出身で、高校を卒業するとすぐ宮崎交通に観光バスガイドとして入社した。

中肉中背、色白で、上品な顔立ちの物静かな女性だった。

昭和三十七年五月、現在の天皇・皇后、当時の皇太子明仁《あきひと》親王殿下と、美智子妃殿下が新婚旅行も兼ねて、日向路をお訪ねになった時のことである。

宮崎交通の岩切章太郎社長は、黒木博知事と相談して、両殿下に観光宮崎のありのままの姿を見ていただこうと、日南海岸を観光バスで御案内することを計画した。

それと、バスだと窓外の景色も広々として眺めがよいし、沿道でお迎えする人々も、両殿下のお顔がよく見えるというのが、ねらいだった。

その時の御案内役の観光バスガイドが、上條光子さんだった。予備のガイドに光子さんと同期の日高晶子《しょうこ》（旧姓森）さんが選ばれた。

東京からは、八十名近くの新聞、雑誌、テレビのマスコミ関係者も同行して来ていたが、報道随行車として別にもう一台のバス（二号車）が準備された。ガイドは、やはり光子さんと同期の大塚紀子（旧姓阪本）さんだった。

こどものくにの園内での出来事である。蘇鉄の森で、美智子妃殿下が光子さんに何か質問をされた。後で光子さんから聞いたのでは、蘇鉄の実のことだったようである。光子さんは、すかさず用意していた蘇鉄の赤い実で作った「南男猿《なんおさる》（難を去る）の鈴」を差し上げた。

妃殿下は珍しそうに眺めておられたが、皇太子殿下の耳元に持っていかれ、うれしそうに鈴を振って語りかけられた。和やかな風景だった。

光子さんは、その後、観光課から教養課に移り、後進のバスガイドの指導を受け持った。

そして、参議院議員だった上條勝久氏（高鍋町出身、九十六歳、藤沢市在住）から、ぜひ二男勝也の嫁にと懇望され、見合結婚した。

光子さんは、勝也さんに愛され、二男一女に恵まれ、幸せな家庭生活を送ったが、いつも宮崎交通のバスガイドであったことを、誇りにしていた。

皇太子殿下・妃殿下御案内のバスガイドを選ぶ時は、たまたま私が担当だったので、数名を推せんしたが、章太郎社長の〃皇室を御案内するために観光バスガイドになったような育ちのよさ〃の一言で、光子さんに決定した。

その光子さんが、東京で、昔の宮交バスガイドの集まりである「東京はまゆう会」を、先輩ガイドの明石陽子（旧姓赤池）さんや、小田切南津（旧姓日高）さん達と一緒に呼びかけあって結成したのは、三十年ほど前のことであったろうか。

二年に一度、東京市ヶ谷の私学会館で開かれる「東京はまゆう会」の総会には、私も招かれてずっと出席した。

岩切章太郎翁が亡くなられてからは、会場に遺影を飾り、黙禱を捧げた。そして、ガイド時代によく歌った「南の島の砂浜に……」ではじまる〃はまゆうの歌〃を斉唱した。

その東京はまゆう会が、今年で解散することになった。世話役が七十代、六十代後半と高齢化したことや、本体の宮崎交通が産業再生機構の支援を受けて再生中であり、残念ながら大きな柱を失って、会員に心の動揺があったというのも理由のようであった。

光子さんは、東京はまゆう会の解散を元・宮崎交通の関係者に報告するために帰郷した。

七月二日の夕刻、まず岩切達郎元社長の自宅を訪問した。帰りの車の中で気分が悪くなり、運転していた長女の和子さんに「病院に連れて行って」と頼み、「ああ、私は何も出来ない」と言ったのが、最後の言葉だった。運悪くその日は日曜日とあって、病院はどこも休院。途中から救急車に乗り換えて運ばれた総合病院は、四か所目だった。脳梗塞と診断され、すぐ集中治療室へ……。然しすでに意識はなく、人工呼吸器が取り付けられた。

そして二週間後、光子さんは帰らぬ人となった。誰にも「さよなら」を言わないで。

七月十六日、奇しくも岩切章太郎翁の二十一回目の命日、その日であった。

病状は家族の希望で、身内以外は誰にも知らされなかったが、病院の近くに住んでいた私は、入院を知って駆けつけ、夫君の勝也さんと主治医の許しを得て、集中治療室で光子さんと対面した。

呼吸は苦しそうだったが、美しい顔だった。

皇太子殿下や妃殿下を御案内した時のあの端正な面影が感じられた。私は一礼をして部屋を出た。感無量だった。

東京はまゆう会の幹事であった小田切さんだけには連絡しなければと思い、直接電話をした。すぐ帰宮、幸いに間にあって光子さんの手を握り、亡くなってからもずっとそばに最後まで付き添ってもらった。

通夜の晩のことである。勝也さんが小田切さんに、しみじみと語ったそうである。

「光子は、宮崎に帰るたびに、銀座の木村屋の〈桜〉というアンパンを、ツナトモさんに届けるのを楽しみにしていた。奥さんの大好物だったようだ。ツナトモさんは、光子が倒れた日、偶然にもアンパンの夢を見たそうだ。光子がアンパンを車の中に忘れたと言って騒いでいた。ボクが探しに行ったが無かった。そんな夢だったと言っていた」

光子さんは、宮崎市に小さな菜園を作っていて、その手入れに帰るのを心の癒しにしていた。年に四、五回は帰郷していた。空港から真直に我が家を訪ねて、木村屋のアンパンを届けてくれた。

葬儀が終わって十日ほど過ぎてから、埼玉県の春日部市に住む小田切さんから、クール宅急便が届いた。開けてみたら、木村屋のアンパンが詰まっていた。添えられた手紙には、こう書いてあった。

「光子さんが亡くなって、アンパンが来なくなってさびしいでしょう。これからは、私が送ります。私が送れなくなったら、後輩にリレーします。アンパンを食べて、光子さんを偲んでください。そして、東京で、宮交バスガイドだったことを誇りに生きている人が、いっぱい居ることを忘れないでください」

妻とアンパンをほおばりながら、何度も何度も涙をぬぐった。

アンパンには、ほのかに桜の花弁の匂いが漂っていた。ほろほろと甘く、ちょっぴり塩っぱかった。

庭では、ひときわ烈しく、蟬が鳴いていた。

君知るやアンパンの唄蟬時雨

（付記）

七月三十日午後五時三十分、原稿を書き終わってほっとしていたら、ピンポンとブザーが鳴った。「上條です」と、まぎれもない光子さんの声。びっくりして妻と玄関に出たら、長女の和子さんが立っていた。葬儀のお礼と菜園の手入れに、一人で帰って来たとのこと。「母の代わりに……」と差し出されたのが、木村屋のアンパンだった。

「浜辺の歌」は恋歌だった

戦後、すぐのことである。どこだったか、何の会だったか覚えていないが、「浜辺の歌」を聴いた。

教室のような小さな会場で、戦災で焼け残ったピアノだけが目立って、その横で女学生らしい少女が、一曲だけ歌った。それが「浜辺の歌」であった。

私が、「浜辺の歌」を聴いたのは、その時が初めてである。

あした浜辺を　さまよえば
昔のことぞ　しのばるる
風の音よ　雲のさまよ
よする波も　かいの色も

林古渓の作詞、成田爲三の作曲である。

町では、どこに行っても「リンゴの歌」が流れていた。しばらくすると、今度は「上海帰りのリル」であった。

戦時中、私達は音楽とは全く無縁だった。

小学校の卒業式で歌う筈だった「蛍の光」が、敵国の音楽である——それだけの理由で廃止され、「轟く、轟く……」という歌詞ではじまる威勢のよい軍歌で送り出された。

そして、敗戦。町の喧騒の中で、粗末なスピーカーから流れてくる流行歌に、「ああ、戦争は終わった、もう死ななくてよい」という安心感と、解放感を味わっていた。

そんな時聴いた「浜辺の歌」は、しみじみと心に響いて、わけもなく涙ぐんでしまったことを思い出すのだった。

それから五十余年、私はまた「浜辺の歌」の感動に出合うのである。

一九九七年十一月三日、県立芸術劇場で催されたザハール・ブロンのヴァイオリン・コンサートでのことである。

ブロンが、最後のアンコール曲に選んだのが、「浜辺の歌」であった。会場にざわめきが起こったが、すぐシーンと静まり返った。すばらしい音色だった。あちこちで目頭をおさえる人、ハンケチで涙をぬぐう人の姿があった。曲が終わると、聴衆は総立ちになって万雷の拍手を送った。私も興奮して、まわりの人誰や彼やに握手を求めた。

ブロンの演奏は、「浜辺の歌」そのものだった。風の音が伝わり、雲のさまが目に浮かび、波が寄せてくるようだった。

「浜辺の歌」は、どうしてこんなに感動を呼ぶのだろうか。それは、その歌詞の情感もさることながら、曲に流れる日本人の郷愁ともいうべき、故郷の自然と、人々の心の調和ではなかろうか。

戦後、はじめて「浜辺の歌」を聴いて、わけもなく涙ぐんだ。その時の感情は、青春の恋心にも似たものだった。歌の調べにふと恋をしたのである。

そんな思い出の「浜辺の歌」であるが、最近になって思いもかけず、その歌の秘話ともいうべき物語に接した。

昨年の七月のことである。私の幼馴染みで遠縁にもなる綾町在住の日高慶子さんから、びっくりするような話を聴いた。それは、日高さんの宮崎大宮高校時代のクラスメートで、合唱部の仲間だった鈴木義弘さんのことである。

鈴木さんは、日本では珍しいバス歌手で、七十歳の今も二期会のオペラ歌手として活躍している人である。東京の武蔵野市に住んでいるが、茨城県オペラ協会の芸術監督もつとめている。

鈴木さんは、東京芸術大学の大学院生時代の恩師で音楽家の矢田部勁吉《けいきち》さんに、子どもがなかったことから、請われて矢田部家の養子となった。養母は勁吉さんの恋女房の正子《まさこ》さんで、やはり芸大出身（当時は東京音楽学校）のピアニストだった。

その義母の正子さんから、鈴木さんが、生前に聞いた話が、そもそもこの物語の発端である。

養父の勁吉さんは、一九八〇年に亡くなったが、それから一年ほど過ぎて、正子さんから、「もう話してもよいと思うので……」と前置きして、鈴木さんはこの話を聞いた。

時は一九一六年、正子さんの学生時代、同級生で作曲を専攻していた成田爲三さんから一通の郵便が届いた。封を切ると手書きの楽譜が入っていて、「浜辺の歌・いとしの正子に捧ぐ」と書いてあった。歌詞（前述の林古渓作詞）もついていた。正子さんは、それまで成田さんと顔はあわせていても、ほとんど話をしたことがなかったので、その突然の愛の告白ともいうべき「浜辺の歌」の恋歌にびっくりしたのである。

正子さんは、楽譜をすぐピアノの前に置いて演奏した。何度も弾いた。弾きながら感動し、曲に自分が引きこまれていくのがよく分かった。何というすばらしい曲だろう。

しかし、正子さんには既に婚約者がいた。勁吉さんである。悩み抜いた末に、正子さんは丁重に理由を述べて、その楽譜を成田さんに送り返したのであった。

成田爲三の恋は、片思いに終わった。悲嘆に暮れた成田さんは、しばらく楽譜に手をつけずにいたが、周囲にすすめられて、二年後に出版に踏み切った。

こうして、「浜辺の歌」は世に出た。たちまち評判となり、人々に愛唱され、文部省は中等音楽教科書に採用した。全国の学校で、特に女学校で圧倒的な人気を博し、音楽の発表会では、かならずといってよい程、歌われるようになった。

正子さんが、鈴木さんにこの話を伝えた時には、もう八十歳を超えていたが、しみじみと語ったそうである。

「誰にも言わないと心に決めてきました。だから、夫の勁吉にも話さなかった。しかし、自分が死んだら、真実は永遠に消えてしまいます。浜辺の歌が恋の歌であることを、いつの日か明らかにしたい。歌の心を残したい。それが、私の願いです。それは、作曲者のためにも大切なことです。だから、義弘さん。あなたにだけは、このことを話しておきます」

正子さんが、逝って、十七年の歳月が流れた。成田さんは戦後間もなく亡くなったが、その奥さんも既にこの世にない。もう話してもいいのでは、そう思った鈴木さんは、日髙慶子さんが所属する女声コーラス・グループ「フレンドコール」の三十五周年記念公演に招かれたのを機会に、「ぜひ、母の思い出の曲を歌わせて」と、この秘話をはじめて語ったのである。

日髙さんは、姉の照子さんの夫で南九州大学の元教授であり、作曲家で指揮者でもある山本友英さんに頼んで、鈴木さんのためのバス独唱と、女声合唱用に編曲した楽譜を作ってもらった。

そして、二〇〇六年七月十五日、鈴木さんは、宮崎市の県立芸術劇場で、亡き養母への鎮魂の思いもこめて、「浜辺の歌」を熱唱したのである。

もちろん、主催者のフレンドコールも女声コーラスで披露し、アンコールに応えて、会場いっぱいの大合唱となり、会場は感動の渦に包まれた。

この秘話は、讀賣新聞宮崎支局高梨記者の取材で、同紙のスクープとして、「楽譜の告白」の見出しがついて全国版で報道され、大きな反響があったが、特に成田爲三の故郷である秋田県下では、たいへんな騒ぎだったという。


つい最近、私は日高さんを通じて鈴木さんから、正子さんの若き日の写真を何枚か見せていただいた。

そのうちの一枚、一九二四年夏・ロンドンと併記してあったが、四人の友人（男性三人、女性一人）にかこまれて、正子さんは中央に座っていたが、その端麗な容姿には思わず心を奪われた。目が澄んで大きく、そのかすかな微笑みは、モナリザの絵のようだった。

「浜辺の歌」のあの感性を生み出した成田為三が、「いとしの正子にささぐ」と、熱烈な愛をこめて作曲した心情が、一世紀近くをさかのぼって、私の胸にもほうふつとして浮かび上がってくるのであった。

最後に後日談を一つ。秘話発表のきっかけともなったフレンドコールの一行（指導者高見洋子さん他十七名）が、秋田県に招かれて、鈴木義弘さんや、地元のソプラノ歌手、ピアニスト、ヴァイオリニストをはじめ、成田為三ゆかりのコーラスグループであるコール・もりよし、〝る・それいゆ〟と共演して、「浜辺の歌」を歌ってきたのである。

最初は秋田市の成田為三記念館で公演する予定であったが、会場が狭いということで北秋田市の文化会館ホールに変更され、大成功だった。「浜辺の歌」が縁で、宮崎と秋田に一つ深いきずながきたのである。

カタツムリのおみまい

私には、孫が四人いる。

まず、長男綱之の子の綱之輔《こうのすけ》、高校二年である。

次は、二男康晃の子、華代《はなよ》。この春大学を卒業して、東京の商事会社に就職した。

そして、長女みさきの子、理一郎《りいちろう》と、昂成《こうせい》である。理一郎は小学四年、昂成は小学二年のやんちゃな兄弟だ。

四人の孫は、それぞれに個性があふれている。

綱之輔は無口で、こちらから話しかけないと、なかなか口を開かない。声も小さい。しかし、話をしていると、その博学には驚かされる。いろいろなことをよく知っている。

まだ、小学三年か四年の頃、私と妻と長男一家が、東京を起点に東北旅行をした。都内の御台場にあるホテルに向うタクシーの中で、私が「御台場の地名の由来は何だろう」と、呟いた。すかさず綱之輔が、「幕末に、外国からの侵入に備えて、徳川将軍が砲台を築いた。それが起源だ」と言う。聞けば、歴史に興味があるとのこと。私は、「フーン」と感心するばかりだった。

　文章も達者で、中学生の頃、学校の読書作文で一位になった。原稿を見せてもらったが、大学生でも書かないような確かな視点で、その構成のうまさにびっくりした。

　華代は、大の音楽好きだ。歌も得意だが、ピアノやキーボードを演奏し、バンドを作ってライブをしたりして楽しんでいる。作曲もするらしく、最近ＣＤの第一号を出してプレゼントしてくれた。

　華代で特筆したいことは酒豪であることだ。私は、それが自慢だ。渡辺家の鑑《かがみ》と賞めている。いも焼酎が好きだが、日本酒、ビール、ワイン、ウイスキー、何でも強い。新入社員歓迎会の席で、並いる先輩や上司の間をグラス片手に廻って、「可愛いい顔をして、よくあれだけ飲めるものだ」と、たちまち社内の評判になったという。

理一郎は、サッカーが大好きだ。暇があるとボールを持って外に飛び出し、一人で練習をしている。今度、クラブにも入った。

字も上手で、丁寧にきれいな字を書く。宿題など持って来ると、「誰に似たのかなあ、いい字だね」と、まず字を賞めるのである。

理一郎の笑顔は、天下一品である。底抜けに明るい。そして、男っぽい。疲れていても、その笑顔を見るだけで元気が出る。

昴成は暴れん坊だが、やさしい子である。

言葉に敏感で、うっかりしたことは言えない。泣き虫で、すぐ大きな声で泣く。だが、泣いた後はケロリとしている。

孫の中で皆から一番怒られるのが昴成だろう。私もよく叱る。悲しそうな顔をしているが、納得も早い。「ゴメンナサイ」と、かならずあやまる。叱っても、気持ちのいい子だ。

その理一郎と昴成の二人の孫が、両親と共に、昨年の六月から私の家に引っ越してきた。

その日から、私達は「三世代家族」になったのである。

理由は、こうである。それまで駅前のマンションに住んでいたが、私の家は「もみじが丘」という高台にあって、緑が多く、空気もいい。そんなに大きな家ではないが、私達夫婦だけではもったいないと、常々思っていた。

庭には、芝生のちょっとした広場があって、こどもの遊び場には最適だ。何よりも展望がよい。大淀川や市街が一望できるし、遙かに鰐塚《わにつか》山の連峰も見える。

引っ越しには、もちろん経済的な理由もあり、私達夫婦のこれからの高齢化のこともあったが、一番の目的は、孫達を育てる環境のよさであった。長女夫婦ともよく相談して、一緒に住むことにした。

そして、その日から我が家の生活は一変した。すべてが、孫中心になった。

朝、七時過ぎに「行って来まあす」と、二人が飛び出す。ジイジとバアバは、その声を聞くと、あわてて門前に出て、見えなくなるまで手を振って見送る。そこから一日の日課が始まるのだ。

食事は別々だが、月に何度かは一緒に団欒する。私にとって、楽しみなひとときだ。

孫達が引っ越して来てから、一番うれしかったのは、もみじが丘の近所の皆さんが、そのことを心から歓迎してくれたことである。

私達がこのもみじが丘に新築したのは、もう四十年も前になる。まだ家もまばらなさびしい団地だった。それから、若い世帯の家族が次々に増えて、その頃は子どもの声があふれていた。

しかし、四十年後の今は、高齢者だけの静かな団地になってしまった。

ところが、孫達が住むようになって、にわかに騒々しく、再びにぎやかになった。

毎日のように、大勢のこども達が遊びにやって来る。こちらからも出かける。道路には、こども用の自転車がいっぱい並ぶ。

近所に迷惑ではないかと、心配した。ところが全く逆だった。「こども達の声が聞えるようになって、うれしい」「私達まで若返ったようで、ハリが出た」と、次々に我が家を訪ねて来ては、一緒に喜んでくれる。時にはおやつの差し入れまである。ありがたいことである。

そんな時のことである。ある日、孫の昂成が、悲痛な顔で、あることを告白した。

その前日、仲よしのS君と二人で下校の途中、小さな犬を飼っている家の前を通りかかった。可愛かったので、恐る恐る門を開けて中に入った。犬の頭をなでようとしたら、びっくりした犬が突然S君に飛びついた。

大ケガではないが、あちこちを噛まれて血が出て傷ができた。怒られると思って誰にも言わなかった。

ところが、今日学校に行くと、S君が欠席していた。あの傷が原因だと思った。痛い、痛いと泣いているのではないか。今からおみまいに行くと言うのだった。真剣な表情だが、声もかぼそく、すっかり落ちこんでいた。

妻が、「早く行ってらっしゃい。でも、お花かお菓子でも持って行かなければ……」と言うと、もう用意したと答える。見ると、何か大事そうに持っている。見せてご覧と言うと、そっと手を開いた。何と、カタツムリが一匹入っていた。学校の帰りに道端で見つけてきたと、照れ臭そうに笑った。

私も妻も、思わず微笑んだ。何という可愛いい発想だろう。子どもでなければ、とてもそんな考えは浮かばない。「きっと、S君も喜ぶよ。すぐ行っておいで」と、送り出した。

私達は、昂成の帰って来るのが待ち遠しかった。早く報告が聞きたかった。にこにこしながら帰って来た昂成が、「S君がワアッと手を挙げて喜んだ。おばあちゃんも、マア、マアと言って、びっくりしていた」と、まくしたてるように話すのだった。

道端で見つけた一匹のカタツムリ、それは子ども達にとって、大事な宝物だった。

しょげていたS君も、たちまち元気になって、明日は登校すると約束してくれた。

昂成のあの時のきらきらした顔は、今も忘れられない。

カタツムリのおみまい、これは小さな、小さな物語である。でも、こんなエピソードを生み出す孫達と一緒に暮らせることを、しみじみと幸せに思う。本当にうれしい。そして、何よりも楽しい。

見果てぬ夢のかなた

六月十一日、私は東京プリンスホテルの大ホールのステージに立っていた。名前を呼ばれて中央に進み、一礼した。

「あなたは多年にわたり観光の発展に貢献され……」と、表彰状が読み上げられた。

日本観光協会の中村徹会長から、観光功労賞の賞状と記念品を受けとって、七十八歳の私は、少年のように頬を紅潮させ、体をブルッブルッとふるわせていた。

私の一生を通じて、これまでに、こんなことが一度だってあっただろうか。

小学生の頃は、優等生というのがあって、毎年学期末に、校長先生から賞状と賞品を受けていた。しかし、あまり感激したという覚えはない。家に帰って神棚に供え、母子家庭だったので、母からゴホウビの小遣いをもらったことくらいしか、記憶していない。

旧制の宮崎中学に進学してからは、まわりは優秀な連中ばかりで、我ながら成績もパッとせず、一度か二度、実力考査とかいうので学年で十番以内に入って、校舎の掲示板に名前が貼り出されたぐらいで、そのほかは、賞には全く関係がなかった。ただ、宮崎大宮高校を卒業する時に、在校中に最高自治委員長（今の生徒会長）をつとめたので、自治功労賞を受賞したが、卒業式の日は大学受験のために上京中で、感激のシーンはなかった。

その私が、高校を卒業して六十年目に、社会人となって、喜寿が過ぎて、はじめて「賞」というものを頂いたのである。賞がこんなにうれしいものかということを体験して、私は本当に子どものように、無邪気に喜んだのであった。

もちろん、この賞をもらうにはいろいろの手続きがあった。まず、そのきっかけを作ってくれたのは、みやざき観光コンベンション協会の中馬章一専務理事で、「日本観光協会の会長が表彰する観光功労賞の制度（昭26）ができて、五十八年になるが、調べてみたら、県内からこれまでに、第一回受賞の岩切章太郎宮崎交通社長をはじめ、十名の受賞者がいるが、渡辺さんの名前が無かったので……」と、中島勝美会長と相談して、今からでもと、推せんすることになったという次第である。

私の功績について、いろいろと調査が行われたが、私は、宮崎観光の父・岩切章太郎翁に仕えて、その手足となって、一生懸命走り廻ったというだけで、私自身の功績は何もないのである。

昭和三十年代の後半から五十年代の初めまでの「新婚旅行ブーム」が高く評価されたが、私は宮崎交通観光部の企画宣伝課長として、確かに忙しい毎日ではあったが、当時は、県も市も、観光協会も、商工会議所も、そして、ホテル、旅館の関係者も、それこそ市民、県民挙げて、総ぐるみで取り組んだのであった。国鉄や、全日空をはじめ、日本交通公社などの旅行代理店の協力も大きかった。

そのすさまじいばかりの嵐のような流れの中の一人だっただけで、ただただ「いい時代だった」という感激に、今更のように浸っているのである。

初日《はつひ》バス、納涼バス、水着バスなどを企画して、今も話題として残っているが、これにしても、その頃の宮崎交通社員の全社一体となっての協力態勢は、今思い出しても涙が出るほどであった。私は、本当に恵まれていたのである。

しかし、何よりもの大きな存在は、やはり岩切章太郎翁であった。

「大地に絵をかく」「自然の美・人工の美・人情の美」「心配するな工夫せよ」などなど、岩切イズムが燦然《さんぜん》として輝いていた。

かつて大宅壮一氏が、宮崎の観光を評して、「岩切さんのポリシーが、扇風機ではなくて、エアコンディションのように、宮崎県の隅々にまでよく行届いている」と、絶賛したことが思い出される。

観光功労賞を受賞して、観光五十有余年の歩みをふり返りながら、私は、見果てぬ夢のかなたを、まだふんわりと飛び続けているのである。

赤い風船玉

私は、中央大学を卒業してすぐ、昭和二十八年四月に、宮崎交通株式会社に入社した。

「ふるさと宮崎に帰る」というのが、私のただ一つの夢だったが、幸いに宮崎大宮高校時代の恩師の野村憲一郎県教育長と、親戚でもあった荒川岩吉宮崎市長の推せんと、当時社長だった岩切章太郎翁のお蔭で、入社試験はあまり芳《かんば》しくなかったが、無事合格することができた。

岩切社長は、宮崎大宮高校弦月同窓会の会長だったが、大学二年の時、総会で司会をした私をたいへん賞めていただいて、それを記憶しておられ、「おもしろそうな男だから、入れておけ……」ということだったらしい。司会が芸であるかどうか分からないが、まさに芸に助けられたのである。

宮崎交通には、四十六年間在籍した。観光部が二十年、宮交シティが創設されて二十六年、そのほかの部署には一度も転勤したことがない。

宮交シティは、ショッピングセンターであるが、観光バスが発着していたし、商工会議所の常議員として、観光・リゾート推進委員長や、祭り実行委員長などにもなり、また宮崎市が制定した岩切章太郎賞の運営協議会会長や選考委員を二十年、六十八歳で宮崎交通を退職してからも、宮崎産業経営大学の教授として、七十四歳まで教壇に立ち、観光学概論や地域観光研究、リゾート開発論などの講義をしたので、私の一生は、まさに観光一筋だった。

その中で、私が一番大切にしている思い出は、宮崎交通の企画宣伝課長時代である。

企画宣伝課は、昭和三十五年に創設され、私が初代課長だった。今でも自慢しているのは、この企画宣伝課ほど、個性が豊かで、好奇心旺盛な人材が集まった集団は、宮崎交通八十五年の歴史をふり返っても、ほかにないということである。

まず筆頭に挙げたいのが、仲矢勝好さん（故人）である。仲矢さんは、宮崎市民会館の緞帳《どんちょう》「神武大祭御神幸絵巻」などを制作して、〝宮交の仲矢画伯〟として有名だった。昔は、映画館の看板など描いていたが、岩切章太郎翁に認められて入社し、宮崎交通の制作するポスター、パンフレットをはじめ、観光地のデザイン、レイアウト、標柱に至るまで、ありとあらゆることを手がけた。

その中でも大きな足跡は、宮交シティの大壁画「ガリバー旅行記」を五年がかりで完成させたことである。この大壁画は、永六輔さんや、日本の彫刻家の第一人者である西常雄氏なども見られて、「世界に誇る大壁画である」と激賞された。

小森正業君は、県・市の美術協会の重鎮だが、このたび「第97回日本水彩展」で、最高賞を受賞した。宮崎県から五十年ぶり、一二三三点の中からトップに立った快挙だった。

藤野忠利君は、企画宣伝課時代は殆どデスクには居らず、勝手に外廻りばかりしていたが、決して遊んでいるのではなく、市内の芸術家や、文化人達と接触し、マスコミ各社も訪問して、〝広報宣伝の藤野〟として、宮崎だけでなく、中央にも名を売った。退職後は、現代っ子センターを立ち上げた。

本村浩美君は、俳人（俳号・蠻）として、宮崎日日新聞一面の「歌の窓」をもう何年も執筆しているが、企画宣伝課時代は観光バスガイドの原稿や広告のコピーを書いて、なかなかの名文家だった。宮交エアラインホテルの社長にもなった。

松方健一郎君は、後に秘書課長になり、岩切章太郎相談役を最後までみとったが、翁亡き後は、青島パームビーチホテルの社長として日南海岸の観光に尽した。今は、スカイネットアジア航空の顧問に就任している。

沖村貞誠さん（故人）という大先輩もいた。沖村さんは、若い頃は京都でお坊さんをしていたという話だが、日本舞踊の名取りでもあり、宮交でも名物的存在だったが、特にシャンシャン馬では、毎年神武さまのお祭りで花々しく活躍した。

このほか、企画宣伝課には、社内ニュースを毎日書いていた日高君、絵はがき担当の岩切さん（故人）をはじめ、三木、鬼塚、渡辺（喜）君達つわものが揃っていて、他に、大型ニュースカーと小型宣伝車の運転士もいた。また、女子社員も日大芸術学部出身のカメラマン三輪さんや、伊藤、中村、脇本さん達が課を支えていた。

別棟の制作室には、前述の仲矢さん、小森君の下に、宮日美展入賞歴のある岩村、篠原、田口君のほか、技術スタッフが一時は十名近くもおり、バス会社でこれだけの宣伝組織は、全国にも例がなかった（制作室は、後に独立した）。

私が課長を退いてからも、企画宣伝課を盛り上げてくれた人に岩切富士夫君や、武井俊輔君がいる。

岩切富士夫君は、弁も立つが文章も達者で、宮崎日日新聞の「窓」欄では常連の投稿者で有名である。宮交を退職してからは、文芸誌「ユー」の編集兼発行人となったが、ユニークでコミカルな本だった。数年前に廃刊したが〝惜しいなあ〟と思っている。

武井俊輔君は、中央大学の後輩でもあるが、退職してシンガポールに英会話留学したり、早稲田大学の大学院に学んで楽天に入社したり、〝夢みる行動家〟で、現在は宮崎県議会議員の一年生として、愛みやざきに所属し、がんばっている。ふるさと宮崎のホープとして、私が最も期待している好青年である。

このように、幾多の人材を輩出している宮交の企画宣伝課が、本当になつかしい。

このたびの私の観光功労賞の受賞も、みなこの人達に支えられてきたお蔭である。

私は子どもの頃から、赤い風船玉が大好きで、デパートの売出しなどに行くと、いい年になっても並んで貰って喜んでいた。

私は、企画宣伝課の課員をこの赤い風船玉にたとえていた。風船を結んだヒモだけは、しっかり握っていたつもりだが、時には私の手から離れて、ふわふわと大空高く飛んで行くのを楽しんでいた。

私に、たくさんの喜びと幸せをプレゼントしてくれた赤い風船玉の皆さんに、心から感謝の気持ちでいっぱいである。

いま目をつぶると、五十六年前に宮崎交通に入社（業務課）した時、私を温かく見守っていただいた上司の方々の顔が目に浮かぶ。課長の新屋熊雄氏（故人）をはじめ、次長の渡辺万寿氏（故人）、係長の成合正治氏、関孝夫氏（故人）、楠原照章氏（故人）、そして隣りの机で、いつも明るく優しく、時には厳しく、いろいろと教えていただいた上岡章氏である。ありがとうございました。

さよならは云わない

石井好子さんが亡くなった。八十七歳だった。

七月二十一日の午後、電話のベルが鳴った。「石井好子音楽事務所の矢野です」と、女性の声。一瞬、不吉な予感がよぎったが、できるだけ平静に、「好子先生はお元気ですか?」と、返事をした。

矢野さんの声が一瞬停止した。しばらく、息を詰まらせているような静寂な時間が流れた。

「先生が、十七日に亡くなられました」

今度は、私の心臓が波打った。ぼうっと、目の前がかすんできた。

「密葬を身内で済ませましたが、先程マスコミに発表しました。報道される前にと思って、お電話しました」

「とうとう、来るべきものが来た」というのが、私のその時の偽らざる気持ちだった。

というのは、数か月前に好子さんから一通の部厚い封書が届いたのである。開封したら、岩切章太郎翁（故人、元宮崎交通社長）から、生前、好子さん宛に送られた手紙が二通入っていた。

それと好子さんの便り。いつものように愛用のペンを使った小さな細い字、まるで詩のような短い文章である。

「大事にしていた岩切さんのお心のこもった書状ですが、私が持っているより、あなたにずっと保存していただきたくて……」と、それだけの内容だった。

その時、ひょっとしたら好子さんは、自分の死期を悟っているのではなかろうかと思った。


昨年の五月のことであるが、私が日本観光協会会長の観光功労賞を受賞して、東京プリンスホテルで表彰式があった時、好子さんから美しい大きな花束が届いた。あまりに立派だったので、たまたま祝賀パーティーに出席しておられた宮崎県の東京事務所長さんに託して、オフィスに飾っていただくようお願いした。

好子さんは生来の世話好きで、よく気がつき、いつも相手の心を大切にする優しい人だった。半世紀に及ぶ長いオツキアイで、私はどれだけ心をかけていただいたことだろう。

夫の土居通夫さん（故人、元読売新聞記者）がまだお元気な頃、東京で美味しいフランス料理を御馳走になったことがある。若僧で田舎者の私が、こわいもの知らずでまくし立てるのを、二人で目を細めて聞いてくださった。

バレンタインデーには、かならず銀座の店からチョコレートがクール便で届いた。生チョコが二箇か三箇入っている小さな箱だったが、そのちょっぴり苦くて、とろけるような風味が忘れられない。

リサイタルの招待券も欠かさず送っていただいた。私も、どんなに忙しくても喜んで上京した。最後の演奏会には、妻も同伴した。好子さんの年齢を感じさせない堂々たるステージには、妻もすっかり圧倒されていた。

宮崎交通を退職してから六年間、宮崎産業経営大学で観光学の教授を務めたが、その時も公開講座の特別講師として、わざわざ都城キャンパスまで駆けつけていただいた。

みやざきエッセイスト・クラブの会長時代には、一度も寄稿をお願いした。電話一本での不躾な依頼だったが、「いいわよ」と、即座に快諾された。

その一篇は「ドリーム」という題だった。戦後に進駐軍第一号歌手として、「ドリーム　夢を見ましょう　夢はいつかかなうでしょう」と歌った思い出を軽快なリズムで綴った名エッセイだった。

さすがは、最初のエッセイ集『巴里の空の下オムレツのにおいは流れる』(暮しの手帖社)がベストセラーになり、日本エッセイスト・クラブ賞を受賞した好子さんならではと、皆が感嘆したことであった。

好子さんと私のこのような深い縁は、今から四十五年前、昭和四十年の秋にさかのぼる。

フランスから帰国して日本で活動をはじめた頃の好子さんが遊びに来た。宮崎が新婚旅行ブームに沸いていた当時である。結婚前の土居通夫さんをはじめ、数名の小学校時代のクラスメート(男性ばかり)とのミニ同窓会旅行だった。好子さんは、皆から「ヨーコ、ヨーコ」と呼ばれていた。

好子さんの父上石井光次郎氏は、衆議院議長や運輸大臣を歴任し、日本体育協会の会長でもあったが、岩切章太郎翁と親しかった。そういうことで、〝娘が行くので宜しく〟ということだったらしい。

その時のガイド役を岩切翁から命じられたのが、私だった。日南海岸を案内した。

日南海岸は、ちょうど黄金色のコバノセンナの花ざかりで、めざとく見つけた好子さんが、「きれい！　日本のコートダジュールね」と嘆声を上げたのが、今も耳に残っている。

その話を岩切翁に報告したら、「石井さんは、南仏のミモザの花を思い出したのだろう」と、うれしそうだった。

それから三年後、昭和四十三年に私はまた好子さんと大きな接触をすることになる。

というのは、石井好子音楽事務所と読売新聞社が共催で、ソ連の赤軍合唱団の日本公演を計画したのである。宮崎でもぜひ開催したいという好子さんからの熱心な要望があり、東京に次いで二番目の公演が決定した。

東京の入場料は四千五百円だったが、地方では高くてとても無理だということで、二千円にした。何しろ総勢百八十五名という大メンバーで、経費も七百万円かかる。四千名は入場しないとペイしない。ということで、古い県体育館の建物で、二回演奏することにした。

主催を宮崎日日新聞社に、後援を宮崎放送にお願いしたが、宮崎交通が責任を持って一切のお世話をすることになった。

ところが、そこに世界を驚かす暗いニュースが飛びこんできたのである。ソ連軍のチェコ進駐である。日本中に抗議の渦が巻き起こった。石井事務所には、公演反対のデモまで押しかけた。

赤軍合唱団と言っても軍人ではなく、軍服を着て歌うだけで、団員はすべてオペラやクラシックの一流歌手で、芸術家の集団であったが、世間はそうは思わなかった。

好子さんは、「世界の音楽家を花と笑顔で迎える」ということを事務所のモットーにしていたので、遂に公演中止を決定した。

それからがたいへんである。石井事務所には全国の興行地から、損害賠償を求める声が殺到した。宮崎でも、ポスター、チラシ、チケットの制作費からテレビ、ラジオ、新聞の宣伝費など、相当の出費があったが、岩切章太郎翁は好子さんの心情を察して、一銭も請求しなかった。

好子さんは感激して、亡くなるまで、いつもその話をしていた。新聞や雑誌のコラムにも書いている。好子さんと私の関係も、それから以前にも増して親密になったのである。

岩切章太郎翁が亡くなって（昭和六十年）、三年経過して、宮崎市が全国の観光功労者に贈る「岩切章太郎賞」を制定した。長友貞蔵市長から、選考委員の人選を一任された私が、一番最初に電話したのが石井好子さんだった。

「光栄よ」と、その場で引受けていただいた。服部良一さん、戸塚文子さん、永六輔さん、皆が次々に電話一本で承諾してくださった。巨人軍の川上哲治さんは、ホテル江南荘の浅野文彦社長に交渉をお願いしたが、「尊敬する岩切さんのことなら」と、たいへん喜んでくださったそうである。選考委員長には、長友市長が日本観光協会の梶本保邦会長を正式に要請した。

岩切章太郎賞は、一昨年まで二十年間続いたが、いつも、豪華な選考委員の顔触れが話題になった。後に木原光知子、俵万智、服部克久さん達も、メンバーに加わった。


好子さんは、「志楽」という中国の古い言葉が好きだった。楽しみながら、志を貫いていくという意味である。

これまでの好子さんの生きざまを眺めていると、本当にそうだなあと思う。

好子さんは、八十歳を過ぎても、まるで女学生のように愛らしかった。感性が豊かで、喜びも悲しみもストレートに表現していた。

そして、言葉を大切にしていた。それは、好子さんのたくさんあるエッセイ集の一つひとつによく表れている。誰と交す会話も、すべてがみずみずしい。躍動している。そのまま、詩になるような言葉だ。好子さんの心の奥を流れる人間愛と、音楽への情熱があふれている。

好子さんと話をしていると、いつも楽しく、時間があっという間に過ぎて行く。

こんな話を聞いたことがある。父上光次郎氏のことである。

――父はねえ。いつまでたっても私を赤ん坊扱いにするのよ。遊びに行くと、「こっちにおいで」と言って、私をだっこして、「いい子、いい子」と、頬ずりするの。父があんまりうれしそうにしているので、私もじっとしているの。おかしいでしょう。――

そう言って、好子さんはにっこり笑うのだった。思わず駆け寄りたくなるような、あの屈託のない、こぼれるような明るい笑顔で、好子さんは、そう語るのだった。

いま、私の手元に好子さんから頂いた『石井好子　85歳の絶唱』というCDがある。

最後に歌っているのが、「かもめ」である。好子さんが最も尊敬するあのダミアが歌った「かもめ」である。

遠い海原で命をなくした水夫は

袋に入れられ　さかまく波間に流される
（中略）
水夫の魂は　かもめと一つにとけあい
はてない海原　あちらこちらと飛びまわる
だからかもめを　殺してはいけない
何故ならかもめは　死んだ水夫の魂だから
（リュシエンヌ・ボワイエ作／薩摩忠訳）

この歌を、好子さんの舞台で何度も聴いたが、シャンソンのことは何も分からない私なのに、不思議に涙が出てとまらなかった。

ＣＤといっしょに、好子さんが送ってくれた歌手生活六十年記念出版の『さよならは云わない』のサイン入りの本も、私の宝物である。いや、とうとう形身の品になってしまった。

そのあとがきで、好子さんはこう語っている。

これからは、その時、その日を大切にして、豊かに生きてゆきたいという思いをこめ、「さよならは云わない」という題名をつけました。

その通り、好子さんは八十七年間の人生を精いっぱい生きて、楽しんで、本当に「さよなら」を言わないで、遠くへ旅立ってしまった。

フェニックスよ永遠《とわ》に

――フェニックス第一号の生みの親……浅井熊作《あさいくまさく》

昨年（平成二十二年）の八月のことである。「横浜の吉松康明《やすあき》と申します」と電話があった。覚えのない名前である。

続けて、「浅井熊作の孫です」とのこと、今度は私がびっくりした。一瞬、自分の耳を疑うほどだった。

浅井熊作は、明治三十四年、三十六歳で当時の国の農商務省から、宮崎県の農事巡回教師（嘱託）を命じられ、宮崎県に初めて足を踏み入れた人である。七年後の明治四十一年には、宮崎県立農事試験場長になった。四十一歳で、叙高等官五等とある。

そんな詳しいことは、それから数日後に吉松さんから送ってきた「祖父・浅井熊作の履歴」の資料で知ったことであるが、私は「浅井熊作」の名前は、宮崎観光の父岩切章太郎翁から生前直接に聞いて、今なお鮮明に記憶していた人である。

「浅井熊作さんのお孫さんですか？　浅井熊作さんは、よく存じております。明治時代に、宮崎県の初代農事試験場長を務められ、宮崎県のフェニックス第一号の生みの親と承っています」と、私は興奮しながら答えた。

「そうです。私は、その浅井熊作の二女千恵子の息子で、父は吉松康親《やすちか》と申しますが、旧制宮崎中学（現大宮高校）の出身です。母も宮崎高女を卒業していますす」

その通りで、後で目を通した大宮高校弦月同窓会名簿では、父上は大正八年、宮中二十六回卒業、母上も大正八年、宮女二十二回卒業と記録してあった。

父上は、旧制の松山高校を経て京大法学部を卒業後、元宮崎県知事有吉忠一氏の世話で、横浜市役所、神奈川県庁に勤務、戦時中は司政官としてマレー半島ジョホールバル州他二州に赴任（中佐待遇）、敗戦後前職に復職して、横浜市経済局長、横浜信用金庫専務理事などを務めている。

有吉忠一氏は、宮崎県知事から神奈川県知事や横浜市長となり、関東大震災で深刻な被害を受けた横浜の復興に尽力した。その功績は今も語り継がれ、四年前の平成十九年には、八月から十月まで三箇月間も、横浜市で「昭和の幕開け　大横浜を築いた市長・有吉忠一展」が開かれた程である。

有吉忠一氏が宮崎県知事時代、浅井熊作夫人の玉さん（東京府立一女卒業）が知事夫人と親交があり、また知事の息女と吉松さんの母上が宮崎高女時代の同級生で、共に神戸女学院に進学して、寄宿舎も同じだったため、有吉家とは特別に深い関係があったとのことである。

さて、話を浅井熊作に戻すが、熊作は慶応元（一八六五）年四月二十二日に福岡県浮羽郡竹野村大字地徳で、久留米藩士族の吉野家で誕生、幼名を俊三と称した。明治元年三歳の時に親戚筋の井上幸作の長男として養子縁組をする。明治十年、十三歳で熊作と改名する。西南の役の起こった年である。明治十二年に田主丸上等小学校を、同十七年に田主丸中学校を卒業している。

中学卒業後熊作は、当時の久留米開懇社が開拓した安績平野開墾地に入植、三年間農業の実地を体験した。生家吉富家の長男安之助が、明治十一年に二十八歳で既に先発隊として開拓に参加、開墾地の基礎を築いていた。

二十一歳で講堂館に入館、四年後初段となった。後に熊作は、宮崎県在職時代、小兵ながら柔道の腕前で鳴らし、県議会で変な質問をして熊作を怒らせると、柔道で投げ飛ばされるぞと、県議連中に恐れられたという伝説も残っている。

明治二十三年、二十五歳の時に札幌農学校予科（四年制）に入学、同二十八年予科を卒業して、本科（五年制）に入学している。

札幌農学校は、後に北海道帝国大学農学部となるが、熊作は中学卒業後、開拓地の実習で三年、講堂館に二年、その後札幌農学校受験の予備校である北海道英語学校で一年間、英語を勉強し、ようやく札幌農学校の予科に合格している。それから予科も含めて九年間を札幌農学校で過ごし、明治三十三年に三十五歳にして同校を卒業し、農学士となっているのだから、その勉学の道程の長さに驚かされる。人生五十年と言われた時代にである。

札幌農学校は、米国のクラーク博士の「少年よ、大志を抱け」の言葉で有名だが、授業は殆ど英語で、教科書も英語の原書だったというから、当時のそのレベルの高さが知られる。まさに、今の国立大学の大学院以上だったのではなかろうか。熊作が受験予備校で英語を習得してから、農学校の予科を受験したということだけでも、そのことが充分理解できるのである。

熊作は、宮崎に赴任した明治三十四年に、久留米の医師浅井益三の長女玉と結婚、養子縁組をして浅井熊作となった。熊作三十六歳、玉は十四歳年下の二十二歳であった。

浅井熊作が宮崎県のフェニックス第一号の生みの親であることは、標題の「フェニックスよ永遠《とわ》に」のサブタイトルに、そのことを明記したが、私の宮崎交通の上司であり、人生の恩師でもあった宮崎観光の父岩切章太郎翁から、直接聞いた話を、翁の言葉そのままで紹介したいと思う。

……南国宮崎の発想、南国情緒で宮崎を売り出そうという考えは、青島に天然のビロー樹があったからというのは、今話した通りなんだが、それまで宮崎のキャッチフレーズは、「三千年の建国の歴史」、それだけだったんだな。それに南国の情緒をつけ加えたわけだが、どうも青島のビロー樹だけでは物足りない。そこで、点から線へと、ビロー樹をいっぱい植栽したんだが、ビロー樹はなかなか生長が遅い。これでは間に合わないと心配していたところに、浅井熊作さんという人が近所に住んでおられて、県の農業試験場に不思議な木を一本植えて育てているという話を聞いたんだね。これが一番最初に私が見たフェニックスだ。いやあ、びっくりしたね。ビローよりずっと南国的で姿が美しい。その上、ビローに比べてずいぶん生長が早いと浅井さんが言われる。これだと思ったネ。ちょうどその頃、中村林太郎さん（中村園芸場の創立者）が、アメリカからフェニックスの種を取り寄せて芽が出たということが分かったので、稲《いな》用富雄君《もちとみを》（宮交嘱託、アメリカで園芸を学ぶ）に頼んで、そのうち何百本だったか、分けてもらってきて、しばらく苗圃《びょうほ》で育てた上で、日南海岸の堀切峠からずっと南に植えて行ったんだよ。枯らしたり、盗まれたり、いろんな苦労があったが、特に堀切峠のフェニックスには戦前も戦後も力を入れたネ。そのかいがあったと、今、しみじみ思うよ。浅井さん、中村さん、稲用君は、本当に日南海岸のフェニックスの功労者だよ。忘れてはならないね。……

吉松さんと電話でいろいろお話をしたり、資料を頂いて、私はある事実に、電気で打たれたようなショックを覚えた。それは、新渡戸稲造博士のことである。新渡戸稲造は、元札幌農学校の教授で、岩切章太郎翁が少年時代に、宮崎農学校で博士の講演を聞いて感動し、将来「宮崎に帰る」決心をして、一生を宮崎観光に捧げた話は、私もこれまでたびたび書いたり、話をしたりしている。ところが、その新渡戸博士と浅井熊作との深い関係は、吉松さんからはじめて聞いて、本当にびっくりしたのである。

博士は、札幌農学校時代の熊作の恩師だった。熊作は寄宿舎の用務員をしながら、授業料の一部免除を受け、苦学の九年間であったが、その間、新渡戸稲造教授に特に目をかけられ、そのためであろうか、キリスト教にも入信して、熱心なクリスチャンとなった。

その新渡戸博士が、文部省の仕事で宮崎に出張の折、宮崎市太田町の熊作の自宅にわざわざ寄られた。吉松さんの母上千恵子さんは、まだ幼稚園児だったそうだが、挨拶のため博士の席に行き、あまりの英国紳士風の上品な姿が幼な心にも強く焼きつき、いつまでもそのことを語っていたそうである。

博士はその時熊作に、「北海道を代表する街路樹はポプラだが、南国の宮崎にもそういう並木が欲しい。南国的な宮崎にふさわしい木を見つけて、ぜひ育ててみなさい」と、アドバイスをされたそうである。

宮崎のフェニックスが、あの新渡戸稲造博士の提案がルーツとは、私にとって、これ以上のカルチャーショックはなかった。

吉松さんが、私に電話をされたいきさつを聞いて、思わず涙がこぼれた。

東国原知事が誕生して、よく宮崎県庁の正面玄関がテレビの画面に出る。三本のフェニックスの真ん中の一本が宮崎県の第一号で樹齢百年、祖父の熊作が植えたということは知っていたので、いつも感動していた。

ところが、口蹄疫のニュースで毎日のように宮崎県庁が映るが、いつの間にか祖父の植えたフェニックスが消えていた（一年前に病虫害で枯死）。

その時、昭和六十一年に、母の宮崎高女時代の同級生から贈られた一冊の本『大地に絵をかく――夢とロマンの人岩切章太郎』に、著者の渡辺さんが祖父の名前を書いていたことを思い出し、電話番号を調べておかけした……という、そんな次第ですとのことだった。

何という不思議な縁であろう。この年、私は八十歳を迎えた。「長生きしてよかった」と、これほどうれしく、幸せに思えたことはなかった。

吉松康明さん、本当にありがとうございました。一生忘れません。あなたのことは、今度は何も書けませんでしたが、ぜひ一度横浜にお訪ねして、いろいろお話を承りたいと思います。どうぞお元気で、呉々もお大事に。

フェニックスよ永遠《とわ》に。

(付記)

浅井熊作は、明治四十四年に県農事試験場長の兼務で県立農学校の教諭となり、翌四十五年には県農事講習所長・叙高等官四等となった。

大正八年、五十五歳で官職はすべて依願免官。翌九年に日向殖産株式会社の取締役社長になった。以後、県耕地整備組合、養蚕業組合連合会、米穀商組合連合会の会長職を歴任したが、昭和十二年八月九日、宮崎市太田町寺山三一四七の自宅で永眠した。七十二歳であった。

孫の吉松康明さんは、当時六歳の幼稚園児だったが、宮崎市の教会で行われた葬儀に家族と参列したことをよく覚えている。

四の景　見果てぬ夢の彼方へ

見果てぬ夢の彼方へ

劇団四季の浅利慶太さんと知りあったのは、もう四十三年前になる。昭和四十四（一九六九）年、宮崎交通の企画宣伝課長で飛びまわっていた頃で、三十八歳の年だった。

ある日、岩切章太郎会長から呼ばれて一通の封書を渡された。見ると谷川徹三氏からの手紙である。谷川氏は、岩切会長の一高時代からの無二の親友だった。

それには、こう書いてあった。

「このたび、宮崎市で浅利慶太君の劇団四季が、ドストエフスキーの『白痴』を公演すると聞きました。浅利君は、かならずや日本の文化を背負って立つ青年です。宮崎で彼の夢を応援し公演を実現させてください」

岩切会長が「やれるか」と言われたので、「やります」「いや、やらせてください」と、答えた。

まず、会場の市民会館を見て、それからＭＲＴ宮崎放送に行って、主催をお願いした。快諾してもらった。入場券は完売する自信があると伝えた。その足で、日本生命の宮崎支社を訪ねた。浅利さんが、日生劇場を立ち上げる時に奔走したという話を知っていたからである。全社を挙げて協力すると約束していただいた。お蔭で、公演は大成功だった。若い人が多く、女性層が九割近くを占めた。二千枚の前売券は一週間前に売り切れ、当日は立見席まで出る騒ぎだった。消防局からきついお叱りを受けたが、それも今はなつかしい思い出である。


浅利さんが、公演の御礼にと宮崎に来られたのは、その数日後だった。それが初対面だった。若き日の浅利さんは、堂々たる風貌ながら表情はやさしく、日本の新しい演劇に寄せる思いが、一語、一語、私の胸に珠玉のごとく響いて、私はその日からすっかり浅利ファンになってしまった。

会社の廊下を歩く時、浅利さんが「渡辺さんは、肩で風を切って歩きますね。後ろ姿がおもしろい」と、語った。その頃、観光バスガイドが私につけた綽名は、

「田舎大名」だった。

夜、日南海岸堀切峠のフェニックスドライブインで、日向灘の「魚すき」を御馳走した。それから街にくり出したが、どこに行ったか全然覚えていない。浅利さんが、重乃井の釜あげうどんを賞めたのは記憶に残っているが、それがその日の昼食だったのか、夜食だったのかも定かではない。とにかくメロメロに酔ってしまった。

私の酔態に心配した浅利さんが、江平町の旧自宅まで送ってくれた。二部屋しかない我が家には、三人の子どもがゴロゴロ寝ていて、「お上がりください」とも言えなかった。

私は、酔った勢いで、「来年は家を作りますから、ぜひ来てください」と言った。浅利さんは、にこにこしながら、「かならず伺います。その時は泊めてください」と返答された。

タクシーまで、ヨロヨロしながら妻と見送ったが、晩秋の宮崎にしては珍らしく、底冷えのする寒さだった。浅利さんは、さっとコートを脱ぐと、妻の肩からすっぽりとかけた。妻はそのことを鮮明に覚えていて、浅利さんのやさしさに涙が出たと、今も語り草にしている。

翌年、私はいま住んでいるもみじが丘の眺めのよい高台に、ナショナル住宅県下第一号の「方形の家」という十八坪ばかりの小さな家を新築した。

浅利さんにそのことを便りすると、すぐ電話があった。

「近いうちに行きます。約束通り泊めてください」。

さあ、それからがたいへんである。妻の友人達にも手伝ってもらって、掃除をしたり、寝具の手入れをしたり、手作りの田舎料理を工夫したり、大忙しだった。

企画宣伝課のニュースカーを運転していた日高許義さんは、船を持っていて、釣りと網の名人だった。浅利さんに新鮮な魚を食べさせたいと言うと、「まかせてください」と、早速海に出て珍らしい魚をいろいろ釣って来て、見事な刺身の盛り合せを差し入れしてくれた。

白身のコリコリした刺身を浅利さんは、「これはうまい」と喜んでくれたが、後で聞いたら熱帯魚のチョウチョウ魚だった。塩焼きもなかなかの味だった。

雲海酒造がソバ焼酎を発売したばかりだったので、試飲もしてもらった。焼酎を飲んだことのない浅利さんも「これなら私も飲めます」と、ストレートで何杯もお代わりをした。

翌日は朝風呂を浴びると、また刺身をこしらえて、朝からビールを飲んだ。まさに至福のひとときであった。

浅利さんは、次は上高地にある劇団の山荘に案内したいと言った。できれば冬がいい。軒下にぶら下がったツララを割って、オンザロックで飲もうとご機嫌だった。

新築祝にお洒落な置時計を頂いた。別に、これはお土産ですと渡された袋には、田辺製薬の新薬品がいろいろ積まっていて驚いた。後で聞いたところ、浅利さんの叔父上が田辺の社長さんだった。

石原慎太郎さんが参議院議員の全国区でトップ当選した頃のことである。前から一度会いたいと思っていたので、そのことを浅利さんに話した。浅利さんは、上京する機会があったら、いつでも電話をください。石原さんを呼んでいっしょに飲みましょうと約束していただいた。

宮崎放送の黒木勇三さんは、中央大学の後輩で仲よしだった。誘ったらぜひ行きたいということになり、就航したばかりのカーフェリーの試乗を兼ねて上京した。浅利さんは、すぐ石原さんに連絡された。

銀座だったか、どこだったか、行きつけのバーに案内された。浅利さんと石原さんの掛け合いのような話がおもしろくて、時間のたつのも忘れるほどだった。石原さんが私に向って、「一橋大学の学生時代、私は宮崎交通さんに悪いことをしました」と言われるので、「どうして？」と聞いた。

青島に行く時、お金がもったいなくて宮崎交通の軽便鉄道に、南宮崎駅から往復タダ乗りをしたと告白された。「よく、そんな芸当ができましたね」と言うと、駅の近くの踏切りで待っていて、追いかけながら簡単に乗ったとのこと。降りる時も駅の手前で飛び降りたという。茶目っ気たっぷりで、思わず大笑いした。

最近、石原さんがよくテレビに出る。そのたびに、その時の石原さんの話を愉快に思い出すのである。

劇団四季は、「キャッツ」が大ヒットしてから、ロングラン公演が多くなり、浅利さんも忙しくて、なかなか会えなかった。

東京や福岡のロングランの初日には、かならず招待していただいた。演劇やミュージカルを見るのも楽しみだが、浅利さんに会えるのが何よりもうれしかった。もう十数年になるが、宮崎交通を退職して間もなく、福岡での公演に妻と招待された。

終わってホテルでパーティーがあり出席したが、福岡の財界人や文化人、マスコミの関係者がたくさん来ていて、私達夫婦は隅の方でおとなしくしていた。浅利さんの挨拶が始まり聞いていると、「宮崎の渡辺綱纜さんが、どこかに来ている筈です。宮崎交通を退職して、近頃大学教授になったと聞いていますが……」と前置きして、「九州で『白痴』を公演した時、宮崎だけが超満員だった。あの時のうれしさは忘れられない。劇団四季の未来に、明るい夢と希望がわいた。元気が出た」。話はそういう内容だったが、妻が目を真っ赤にして、「お父さん、よかったわね」と言ってくれたのが忘れられない。

二年前の夏、東京の四季劇場でライオンキングを観劇しようと、宮崎からツアーを組んだ。奥村敏、宏子夫妻、杉尾照章、勝代夫妻をはじめ、瀬戸口絹江、田村欣子、日高美智子、佐多由美子、大江紀子、野辺博子の皆さんと私。それに東京で合流した上條勝也、小田切南津さんを加えて、一行十三名である。

浅利さんにも一筆ハガキを書いて知らせたが、たまたまその日は横浜のあざみ野で総稽古があり、劇場に来れないということで、たいへん残念がっておられた。ところがである。開演間近になって、浅利さんが駆けつけて来られた。一人ひとりに挨拶をしていただき、ツアーの参加者はびっくりして、ただただ、恐縮するやら、感動するやら、思いがけない突然の出来事であった。

それだけではなかった。ライオンキングが終わって何度も何度もカーテンコールがあり、観衆は総立ちとなって拍手と歓声を送ったが、すべてが終わって帰ろうとすると、劇団からのメッセージが届いた。

「宮崎からの皆さんは、どうぞそのままお残りください」

何だろうと思ったが分からない。他のお客さんが居なくなって、扉が閉まり、シーンと静まりかえった瞬間、突然音楽が鳴って幕が上がった。何とライオンキングの出演者が扮装もそのまま、ステージに勢揃いしていたのである。

「宮崎の皆様、はるばるとようこそ」と、挨拶があって、主演俳優が次々に紹介された。私達は「あっ」と言ったまま、次の言葉が出なかった。

私は、今更のように浅利さんの思いやり、温かさに胸を打たれ、『白痴』の公演から四十年を経て、八十路の坂を越えようとする今も変わらぬ熱い友情に、酔いしれたのである。「浅利さん、ありがとう。本当にありがとう」と、心の中でつぶやくばかりであった。


見果てぬ夢の彼方。そこに浅利慶太さんはいる。どんな時でも、浅利さんのことを思うと、不思議に勇気がわいて、希望があふれてくる。

四十二年前に会った浅利さん、きっとその頃は、随分と御苦労があったと思う。然し私は、それを微塵も感じなかった。日本の演劇を改革する青年の情熱と誇りは、全身にみなぎっていた筈だが、それを心に秘めて、やさしく微笑んでいた浅利さんの姿がなつかしい。

見果てぬ夢の彼方へ、そこにはいつも浅利慶太さんがいる。それだけで、私は幸せだ。

日本一になりたい

亡くなった母は、話が上手だった。よちよち歩きの頃から、おもしろい昔話をよくしてくれた。その中でも、私が一番好きだったのは「日本一の桃太郎」の話だった。

今でも、サルやイヌ、キジなどを従えて、鬼ケ島の征伐に向う桃太郎のさっそうたる姿を夢に見ることがある。

日本一というのは分かりやすいし、説明がしやすい。宮崎県産品のキャッチフレーズにも、日本一がよく出てくる。

日本一の宮崎牛、日本一のマンゴー、日本一の鳥（鶏）などが典型的なもので、もう全国版である。

私の八十二年の人生をふり返ってみても、日本一を夢見ていたことがたくさんある。

「夢を見ましょう。夢はかならずかなうものです」と、私に語ったのは石井好子さんだが、本当にそうだと、しみじみ思う今日この頃である。

私にいつも日本一の夢を描くチャンスを与えていただいたのは、宮崎交通の創立者である岩切章太郎翁だ。岩切翁のことを一言で語るならば、夢とロマンの人だった。

話を聴くだけでワクワクする。そして、その夢を実現したいと、新入社員の頃から心を燃やし続けていた。

宮崎交通の観光バスガイドは、日本一の定評があったが、それをはっきりと形で現したのは、全国観光バスガイドコンクールである。

九州大会と全国大会があったが、宮崎交通は、九州大会ではかならず優勝していた。ところが、全国大会は二位、三位まではいくが、なかなか日本一にはなれなかった。

その夢が実現したのが、昭和三十四年の第九回全国観光バスガイドコンクールである。

社内にバスガイドやバスガールのサービス教育をする教養課というのがあった。私は営業課の第二営業係で、企画、広報、宣伝を担当していた。ある日、社長室に呼ばれて、教養課の兼務を命じられた。目的は、観光バスガイドコンクールで日本一になることだった。

バスガイドに、日南高校の出身で贄田悦江《にえだよしえ》さんという活発な女性がいた。背も高く、目鼻立ちもはっきりしていて、目立っていた。

何よりも物怖じせず、端正で、堂々としていた。社長直々の選考会が何度も開かれたが、望み通り出場選手に選ばれた。

贄田さんが得意だったのは、宮崎神宮の社頭の説明だった。「思いを、三千年の昔に馳せますれば……」と彼女が言うと、聴いている私達も、いつの間にか古代日向の神武の昔に引き込まれていった。

社内では、説明が固くてコンクール向きではない、歌を入れてもっと楽しく、おもしろい説明をしたらという声もあったが、贄田さんにはこれ以外にはないと押し切った。

それから約一月、私と贄田さんは一対一で向いあって、朝から晩まで、七分間の説明を聴く、そのくり返しであった。

贄田さんも、さぞかしうんざりしたであろうが、よく辛抱してもらった。最後の仕上げは岩切社長で、手の上げ方、下げ方まで、熱心に指南された。

全国大会は、東京の日比谷公会堂が会場だったが、贄田さんは五十余人の選手中二番目の出場で、まだ場内がザワザワしていたが、説明がはじまると、水を打ったように静かになった。堂々と立派だった。大丈夫だ、日本一だと秘かに自信を持った。

優勝のアナウンスがあった時の岩切社長のあの満面笑みの喜びの顔が忘れられない。

宮崎県は、昭和三十年代の後半から、五十年代に入るまで、「新婚旅行のメッカ」と言われた時代があった。昭和天皇の皇女であった島津貴子さんや、皇太子明仁親王殿下と美智子妃殿下の宮崎ハネムーン、川端康成のNHK連続テレビ小説「たまゆら」の放映などで拍車がかかり、宮崎は空前の新婚旅行ブームに湧いた。

いま、私の手元に中央公論社が出版した『旅行のススメ』という一冊の本がある。その中に、〝新婚旅行は南へ〟という一章があるが、厚生省と宮崎市の統計資料が引用されていて、昭和四十九年には、全国の婚姻組数が一〇〇万四五五組で、そのうち宮崎市に新婚旅行で宿泊したのが、三七万一八四組と記録されている。当時の新婚カップルは十年近く毎年一〇〇万組前後だったが、何とその三分の一を越す新婚組数が宮崎市に宿泊しているのである。

あの頃の宮崎県は、本当に元気がよかった。もちろん新婚旅行日本一は、宮崎交通の力だけではないが、日南海岸にフェニックスを植え、えびの高原を開発し、観光バスガイドの名声を全国に喧伝した岩切章太郎翁と宮崎交通が大きな原動力であったことは間違いない。全社を挙げて、新婚旅行日本一の夢を見続けてきたのである。

宮崎県が新婚旅行日本一になった大きな要因の一つで忘れてはならないのは、全日空の力である。

昭和二十九年の秋、宮崎市で南国宮崎大博覧会が開催されたが、その年の十月に赤江空港に航空大学校が開校し、十一月には宮崎空港が正式に開設されて、全日空の前身である極東航空（大阪）が、宮崎―福岡―岩国―大阪間に、試験飛行を開始した。

英国のチャーチル首相の専用機だったという双発九人乗りの「ダブ」というプロペラ機が飛んできて、月、水、金の週三回就航したが、お客が集まらず、ゼロという日もあって、そんな時は、砂袋を積んで飛んだ。

私は、「航空班兼務を命ず」という辞令をもらって、就航日には空港に行って搭乗客の世話をした。待合室がなく、大型バスの車内を臨時の待合室にした。

航空班の班というのが私には気に入らず、岩切章太郎社長に航空部にするよう直訴した。

岩切社長は、最初は笑っておられたが、「社長が言われるように、これからは空の時代です。それが航空班では、夢も希望もありません。ぜひ航空部にして、将来日本一の航空会社を宮崎から送り出してください」と、顔を真っ赤にして言うと、岩切社長は「ハッハハ。日本一か。いや、大きいことはいいことだ」とご機嫌だったが、すぐ社内の機構改革をして、航空部が新設された。

日本一の航空会社を宮崎から送り出してくださいなど、新入社員の若輩がよくもあんなことを言ったものだと思うが、なつかしい思い出である。その後、極東航空は日ペリ航空（東京）と合併して全日本空輸となり、今日の全日空となった。まさに日本一の航空会社で、世界の翼に発展した。

宮崎交通は、全日空の株を大量に引き受けて大株主となり、岩切社長は同社の非常勤取締役となった。その後、佐藤首相、岸元首相から全日空社長に懇請されたが、「宮崎から離れることはできない」と、辞退した話は有名である。

宮崎交通を退職してから、宮崎産業経営大学経済学部の観光学科の教授となり、六年間勤めたが、その間も、「日本一の観光学科にしよう」と、いつも夢を見ていた。ゼミでも、学生にそんな話ばかりしていた。

経済学部が廃止されて、その夢は実現しなかったが、大学の同系列高校である鵬翔高校のサッカー部特別後援会長になり、「鵬翔高校サッカー部全国制覇を夢見る会」を立ち上げた。全国大会出場の直前であったため、時間がなく、山下兼紀校長と話しあって、一人で創設し、自ら会長になった。

夢見る会を発足した翌年から、全国大会に出場できず、「夢のまた夢ですね」と冷やかされたり、口惜しい思いもした。入学式や卒業式に来賓として出席すると、かならず「鵬翔高校サッカー部全国制覇を夢見る会」の会長として紹介されたが、いつも背筋をしっかり伸ばして、出席者を見廻し、自信たっぷりの顔で一礼した。

それから七年後、全国大会出場のチャンスが到来、遂に日本一の栄冠を獲得したのである。

全国大会に出場する選手を空港で見送ったが、松崎博美監督と「夢はかならずかなうから……」と固い握手をしたことを思い出すと、胸が熱くなる。

日本一の夢は、宮崎のことだけではない。

昭和四十五年、宮崎市での劇団四季の初公演の後、浅利慶太さんに会い、日本の演劇に寄せるその情熱に感動し、機会があって我が家に泊っていただいた時、ソバ焼酎を飲みながら夜が更けるのも忘れて語り明かしたが、その時「劇団四季は浅利慶太さんが居る限り、必ず日本一の劇団となり、浅利さんも世界の浅利になるだろう」と思ったのが、昨日のことのように鮮明である。その通りになった。

おわりに。

日本一になりたい。このテーマを選んだのは、宮崎観光の新しい顔であるシーガイアを創設した佐藤棟良さんへの深い思いがあったからである。

佐藤さんには、もう数年お会いしていないが、私の心の中にはいつも佐藤棟良、その人がある。

佐藤さんも夢とロマンの人だった。いつも壮大な夢を描き、それを着実に実現させてきた。今は忘れられているが、日本のリゾート法という法律は、佐藤さんのために作られたようなものである。

これからも、佐藤さんのふるさとへの夢は、宮崎の若者たちに受け継がれていくだろう。その夢は必ず花を咲かせる。

夢は、見続ければ、かなうものである。

（付記）

この原稿を書いて数週間後、宮崎産業経営大学の大村昌弘学長から、「産経大サッカー部の全国制覇を夢見る会」の会長就任を要請された。私は喜んでお引き受けした。夢は、かならずかなうから……。

若く明るい歌声に

若く明るい　歌声に
雪崩《なだれ》は消える　花も咲く……

テレビから軽快なメロディが流れてきた。西条八十作詞、服部良一作曲の「青い山脈」である。

そう、あの歌を初めてラジオで聴いたのは、私が十八歳の時だった。高校を卒業して、大学進学のために上京し、横須賀市に下宿していた頃である。

敗戦から四年、町にはアメリカの兵士があふれ、どこに行っても戦災孤児がたむろしていた。私達は空腹で、いつも「今日は何を食べようか」と考えていた。

しかし、人々は、長い戦争の惨禍から解放されて、ようやく手にした平和の喜びに充ちていた。目が生き生きとしていた。

「青い山脈」は、そんな時代にぴったりの歌だった。心が晴れ晴れとなった。

その歌が、六十五年を経たいま、十八歳の私が八十三歳になったというのに、テレビから流れてくる、その新鮮な響きに、私は再び青春の時代に戻り、背筋をピンと伸ばして、青い山脈、雪割桜《ゆきわりざくら》……と口ずさむ。歌詞もちゃんと覚えている。「青い山脈」は、流行歌ではない。クラシックなのだと、しみじみ思う。歌いながら、だんだんと目頭が熱くなって、涙がにじんでくる。

その歌を作曲した服部良一さんと、親しく三十年近くも交流が続くとは、夢にも思わないことだった。

亡くなられてからも、長男の克久さん、孫の隆之さん、その一人娘の百音《もね》さんと、いまも四世代にわたって交際している。こんなことが現実にあるのだ。もし、百歳まで長生きしたら、きっと五代目にも会える。何と幸せなことだろう。服部一家は、私にとってかけがえのない心の財産なのだ。

その服部良一さんに、いろいろと宮崎の歌を作っていただいた。その思い出を綴ってみたい。

思い出のスカイラインとアイアイブルーロード

服部良一さんが、はじめて宮崎を訪れたのは、五十二年前、昭和三十七年の二月だった。青木義久さんといっしょだった。

青木義久さんは、松崎啓次というペンネームの方が有名だが、東宝の大プロデューサーで、戦前は『姿三四郎』、戦後は『我が青春に悔いなし』など、黒沢明監督とコンビで、次々に日本映画の名作を世に出した人である。本当は医学博士で、医学の研究者なのだが、一生を好きな映画の制作で過ごした。

宮崎交通の企画宣伝課長時代、臼太鼓踊り（西都）や熊襲おどり（都城）、泰平踊り（日南）など郷土芸能の記録映画の撮影をお願いしたことが縁で、親しくさせていただいた。

その青木さんが映画完成の記念にと、えびの高原を歌った「思い出のスカイライン」の詩を書いて、プレゼントしてくださった。

明るい、夢のある作品だったので、「ぜひ曲をつけて、レコードにしたい」と言ったら、「それなら、私の親友の服部良一さんを紹介しましょう」ということになって、二人そろっての宮崎行が実現したのである。

服部良一さんは、はじめてみる宮崎の海や山の自然の美しさに目を輝かした。特に作曲が目的のえびの高原は、強烈な印象だった。

その日は大雪で、赤松千本原でタクシーを降りたのはよいが、ドアが凍って開かなくなり、とうとうえびの高原ホテルまで、一時間あまり歩く破目になった。服部さんは歩きながら、青木さんの詩を読んでは、さかんに「ラ、ラ、ラ、」と口ずさんでいたが、ホテルに着くとすぐ譜に書いた。服部さんが「僕の第二の青い山脈です」と、自信たっぷりに言った「思い出のスカイライン」の名曲は、こうして誕生したのである。

レコードのB面には、「アイアイブルーロード」という日南海岸の歌を、村雨まさおのペンネームで自ら作詞し、いかにも宮崎らしい南国情緒たっぷりの曲が出来上がった。

この「アイアイブルーロード」には、後日談があって、それから三年後の昭和四十年に、NHKの「のど自慢全国大会」に出場した、当時日向市の中学校の若い先生だった佐々木政輔さんが歌って、見事日本一の栄冠に輝いた。

こどものくにの歌

服部良一さんが、一生を通じて心から尊敬していたのは西条八十さんだった。「私は西条さんの生きざまを信じて、我が道を行きます」と、常々語っていた。

その西条八十さんをぜひ宮崎に案内したいという服部さんの熱心な希望を、岩切章太郎社長に伝えたところ、「それでは、夫人同伴で招待しよう」ということになった。西条さんは奥様が亡くなられたので、孫娘を連れて来られた。服部さんは、愛妻の万里子夫人とごいっしょだった。

西条さんの宮崎の印象は、「宮崎は未来に向けて開ける街《まち》だ」という言葉だった。

一番のお気にいりは「こどものくに」で、終始笑顔で楽しそうだった。らくだにも乗ってご機嫌だった。

「らくだのこぶをそよそよと、なでてやさしい、海の風……」と、園内の風景がまざまざと浮かぶようなすばらしい「こどものくにの歌」を作詞していただいたので、さっそく服部さんに作曲をお願いした。

長文の詩だったが、ところどころに少し手を入れたいところがあったので、先生のお家に電話したら、「どうぞ、どうぞ、気にいるように直してください」と言われ、何箇所か訂正して原稿をお送りしたところ、「たいへん結構です」と返事があった。天下の西条八十先生の詩を補作するなど、若気の至りとは言いながら、今でも思い出すと冷汗が出る。

不死鳥《フェニックス》よ永遠《とわ》に

昭和四十三年のことである。岩切章太郎社長の叙勲を記念して、社内の幹部が集まり、宮崎観光ホテルでお祝いの宴を開いた。

その時の余興に「岩切章太郎の歌」をプレゼントしようということになり、私が「不死鳥《フェニックス》よ永遠《とわ》に」という題名で作詞をした。一番から三番まで、何とか書き上げたが、作曲をする人がいない。

私自身は、ぜひ服部良一さんにお願いしたかったが、あまりにも高名な作曲家だけにずいぶん迷った。それよりも、何よりも、プライベートな企画だけに、作曲料の工面がつかない。

思いあまって、服部さんに直々にお会いしてお願いした。先生の返答は、意外に厳しいものだった。

「話をしろとか、色紙を書けとかとは、ワケが違います。僕は、作曲でメシを食っている人間です。タダでは仕事をしません」

私は真っ青になった。声をふるわせながら、「先生、本当に失礼なことを申し上げました。申し訳ございません。どうぞ、お許しください」と、謝った。

すると、服部さんはにっこりして、「いや、タダでなければよいのです。渡辺さんと僕の仲じゃないですか。私は夜中に作曲することが多いので、夜食代をください。ほら、いま即席ラーメンというのがありますね。あれだったら僕でも作れる。即席ラーメンで話をつけましょう」と、いかにも愉快そうに笑われた。

私は、その言葉を真に受けて、佐賀の知人が「サンポウラーメン」というのを作っていて、九州ではなかなかの評判だったので、製造元から一箱、直接服部さんの自宅に送ってもらった。

ラーメンが着くとすぐ、御礼の電話があった。

「いやあ、うまいラーメンでした。涙ぐましい味ですね」と、喜んでいただいた。

「不死鳥よ永遠に」は、同期入社の関正夫君に歌ってもらったが、堂々とした歌いっぷりで大好評だった。

「作曲は服部良一先生です」と司会者が紹介した時、会場ではどよめきが起こったが、作詞者は内緒で、小戸わたるというペンネームで発表した。章太郎社長御本人をはじめ、皆から「どこの先生か」と質問があったが、「あんな有名な人を知らないのですか」と、とぼけて過ごした。

章太郎翁が亡くなってから、デュークエイセスの皆さんに、リーダーの谷道夫さん（大宮高校の後輩）のはからいで、墓前に捧げるため歌っていただいたが、その録音テープは、私の宝物となっている。

「不死鳥《フェニックス》よ永遠《とわ》に」の歌詞は、次の通りである。

萌《も》える緑の草の道
尾鈴の山脈貫《つらぬ》いて

凌雲松《りょううんまつ》を見上げては
血潮燃やした若き日が
空を仰げばまた浮かぶ
ああ　見果てぬ夢の　岩切章太郎

田舎住まいと人言えど
男が求めた道ならば
咲かせて見せよう赤いバラ
ふるさと南の片隅で
灯《とも》した光が国照らす
ああ　理想《のぞみ》は遙かな　岩切章太郎

日南海岸海青く
えびの高原星澄みて
湧く歌声は旅人の

心にふれた歓《よろこ》びか
大地に絵をかく夢楽し
ああ　不死鳥《フェニックス》よ永遠《とわ》に　岩切章太郎

（註）・凌雲松は、旧制宮中の和知川原校舎の正門横にあった古松の名称。
赤いバラは、一高時代に書いた小説の題名。

あとがき
服部良一さんには、このほかにも作曲していただいた。黒木清次作詞の「都井岬旅情」（東芝レコード・歌は舟木一夫）や、黒木淳吉作詞の「宮崎南高校校歌」、南邦和作詞の「宮崎西高校校歌」も服部良一作曲。両校が甲子園野球で勝ち、校歌が演奏された時は、喜びの電話があった。

星は流れても――宮崎観光の風雲児 佐藤棟良さん――

宮崎観光の風雲児、佐藤棟良さんが逝った。九十六歳だった。

宮崎交通東京事務所が、東京銀座東一丁目の旭洋ビルに開設されたのは、昭和三十六年の十月一日のことであったが、その旭洋ビルの社長が棟良さんだった。まだ四十二歳の若さだった。

その年の四月、宮崎交通本社の機構改革があって、観光部が創設された。観光部には企画宣伝課と観光課の二課があって、私は企画宣伝課をまかせられた。三十歳だった。そういうこともあって、挨拶のため上京したのだが、旭洋ビルの玄関でばったり棟良社長に出会った。

うやうやしく名刺を差し出した私に、棟良さんは「やあ、ご苦労さん。岩切章太郎社長のためにがんばってね」。それだけ言って、さっと待たせてあった車に乗りこんだ。それが初対面だった。

にっこり笑った顔は、まだ少年のようにあどけなかった。

二度目に会ったのは、宮崎市大淀川畔に棟良さんがホテル・フェニックスを建設して開業した年で、昭和四十一年の暮れ頃ではなかったかと思う。場所は、宮崎交通の本社か、ホテル・フェニックスだったが、はっきりとは覚えていない。

棟良さんは、四十六歳になっていた。

棟良さんは、開口一番こう言った。

「渡辺さんね。私は岩切章太郎会長から帰って来いと言われたので、このホテルを作ったんだよ」

ホテル・フェニックスの場所は、昔は紫明館といって、昭和天皇もお泊まりになったことのある由緒ある料亭旅館だった。経営が思わしくなくなって売りに出したら、最初に手付金を打ったのが、関西の大手私鉄K社のオーナーだったという。大淀川畔は、宮崎の生命《いのち》である。絶対に関西資本の手には渡したくない。心配した岩切会長と黒木知事が大阪に来て、佐藤社長に会い、「宮崎に帰って来い」と言われたのが、棟良さんと岩切会長の繋《つな》がりの始まりだった。棟良さんはそう語った。

棟良さんは、断った。観光のことは何も知らないし、分からないというのがその理由だった。

ところが、岩切会長から東京で評判のうなぎ屋に招待された。岩切会長はうなぎが大好物だった。「佐藤君、うなぎは好きか」と言われて、思わず「ハイ」と返事をしたというのである。

実は、棟良さんはうなぎが大嫌いだった。あのニョロニョロした姿が気味が悪かったと言う。「うまいだろう」と言われて、「こんな美味しいうなぎは、初めてご馳走になりました」と思わず答えてしまった。それから、岩切会長から呼ばれるのは、いつもうなぎ屋で、とうとう最後にはうなぎが好きになってしまった。

ということで、棟良さんは、うなぎ屋で岩切会長から、「君には、郷土愛はないのか」と言われ、宮崎に帰る決心をした。

棟良さんは、この思い出を何度話したことだろう。会うと「うなぎ屋……」だった。

宮崎に帰った棟良さんと会うのは、ほとんどニシタチの「五郎」という居酒屋だった。

私は、この五郎に、宮崎に来る有名人をかならず案内していた。作家の檀一雄や映画監督の五所平之助は常連だった。巨人軍の選手もよく招待した。女優の岩下志麻を連れて行ったこともある。

棟良さんと会うのは、いつも偶然だった。約束して会ったことは一度もない。棟良さんが来るのは遅い時間で、一人で来ることが多かった。私は、隣に座って棟良さんの昔話を聞くのが楽しみだった。

私が、棟良さんのことを「風雲児」と呼ぶようになったのは、五郎で聞いた話からである。まさに、波乱万丈の人生で、小説にしたいような話題ばかりだった。

棟良さんは、昭和十三年の十八歳の時に一人で飯野海運の貨物船に乗って、各地の港で荷物の積み降ろしをしながら、五十七日間かかってニューヨークに行っている。普通の旅行ではない。私には、冒険としか言いようがなかった。

棟良さんはこの時、アメリカの経済の発展ぶりを目の当たりにして、日本がいかに後進国であるかということを痛感した。棟良さんの世界観へのめざめの第一歩であった。

棟良さんは帰国して慶応大学に学び、三井物産に入社した。昭和十八年二月、召集されて太刀洗の航空教育隊に配属され、ジャワ、スマトラ、チモール、ニューギニアに派遣された。

棟良さんの話でびっくりしたのは、敗戦になって昭和二十一年に復員した時、戦犯容疑で逮捕され、巣鴨の拘置所に収容されたというのである。

ところが、占領軍のGHQ横浜司令官をしていたジョン・ウオッテ氏がそのことを知り、すぐ解放されたという。棟良さんは、台湾でその司令官が日本軍の捕虜になっている時、親切にしたという。棟良さんのやさしい人柄を感じた一面であった。それにしても、「運のいい人だなあ」と、思うことだった。

棟良さんはそれから宮崎に帰って、三井物産時代に紙の仕事をしていた関係で、日本パルプ（現在の王子製紙）の日南工場と提携し、紙販売の旭洋商事という会社を設立した。

資本金は二十万円だったそうだが、一文なしだった棟良さんは、財界の大物だった太田正孝氏、向井忠晴氏を動かし、全額その資金を工面してもらった。

おもしろかったのは、その二十万円を宮崎に持ち帰る時の話である。今と違って、千円札も一万円札もない時代である。山のような札束を新聞紙で包み、セメント袋に入れ、荒なわで結んで、汽車で四日かかって宮崎に運んだ。網棚に乗せた大金を、ひもで足とつなぎ、トイレにも行けなかったとのことで、私は今更のように棟良さんの度胸に感嘆したのである。

昔のエピソードの話をする時の棟良さんは、本当に天真爛漫で、いかにもうれしくて楽しそうだった。

私は魚の焼き物が好きだが、棟良さんもそうだった。甘鯛の焼魚を美味しそうに食べていたが、食べ終わってママさんが片付けようとすると、「ちょっと待って」と言った。

「熱いお湯と塩を少し持ってきて」と頼んだ。お湯がくると、焼魚の残り（ほとんど骨ばかりだが）にたっぷりとそそいだ。そして、塩をパラパラとふる。箸でかき廻してうまそうにすする。何のことはない、甘鯛の即席スープである。

私は、棟良さんがすっかり好きになった。少しも気どらず、何という庶民的な人間性だろう。本当に惚れ惚れとした一瞬だった。

棟良さんは、カレーライスも好きだった。慶応大学の学生時代、よく読売新聞社の本社に行った。そこには、宮崎県美々津町出身の黒木勇吉さんがいた。論説委員だった。行くと黒木さんは、たいへん喜んで、社員食堂に案内して、カレーライスをふるまってくれた。黒木さんの話もためになったが、カレーライスの味が忘れられないと、棟良さんは言った。

棟良さんが、ホテルを開業した時も、ゴルフ場を作った時も、自然動物園でも、何かある時には、かならず黒木勇吉さんの姿があった。

ある時、黒木さんにそのことを尋ねたことがあった。黒木さんも、カレーライスのことは覚えていた。「佐藤社長は、そんな小さなことを忘れずに、今でも私を大事にしてくれる。うれしい」。

黒木さんは、そう言ってしんみりとなった。

黒木勇吉さんは、私の母校宮崎大宮高校の先輩だが、大人物だった。郷土が生んだ外交官小村寿太郎や歌人若山牧水の研究で知られる郷土史家の第一人者でもあったが、私も川端康成が来宮した時、美々津の町を案内してもらったり、お世話になった。

熱烈な郷土愛の棟良さんだが、青春時代の黒木勇吉さんとの交流が、その底辺にあることを、私はしみじみと感じたのである。

私が棟良さんと最後に会ったのは、五、六年前だったか、もう十年近くなるのか、どうも確かではない。

宮崎空港で、車椅子に乗った棟良さんが手を振っていた。駆け寄って握手をした。やわらかい、温かい手だった。「宮崎もたいへんだが、がんばらなくては」と、笑顔で言った。元気そうだった。

数日して、一通の手紙と色紙が届いた。色紙にはこう書いてあった。

天空高く聳え立つ
白亜の殿堂は
二十世紀宮崎不世出の
栄光の金字塔也《なり》

「毎日、シーガイアのホテルを眺めて元気を出している。おれはやったんだ」

棟良さんのその思いが、ひしひしと伝わってくるようだった。

宮崎観光の風雲児、佐藤棟良さんの名は永遠である。でも、宮崎の夜空に輝いていた一つの大きな星が、すうっと消えて行ったようなさびしさを禁じ得ない。星は流れても……棟良さんのあの郷土愛は、ふるさとで生き続けていくだろう。

(付記)

岩切章太郎翁と並んで、戦後の宮崎観光に大きな旋風を巻き起こした佐藤棟良さんについて、地元で知らない人はいないが、はじめての方々、特に県外の皆さんへ、棟良さんの事業について説明しておきたい。

昭和四十一年、宮崎市大淀川畔の「ホテル・フェニックス」を皮切りに、棟良さんは、一ッ葉海岸に「サンホテル・フェニックス」「シーサイドホテル・フェニックス」「フェニックス自然動物園」「フェニックスボウル」と、複合レジャー施設「フェニックスグリーンランド」を、次々に展開していった。

また、生まれ故郷である日南市北郷町には、温泉施設「フェニックスリゾート」を作り、ホテルとゴルフ場を開業した。

郷土愛から出発した棟良さんの夢は、ますます大きく広がり、世界的に有名になった「ダンロップフェニックスゴルフトーナメント」の開催、そして日本のリゾート法第一号の指定による「シーガイア」の大構想で、頂点に達した。サミット外相会合の誘致も、県の熱意と支援で成功に導いた。

みやざきエッセイスト・クラブの会員である中村浩さんは、フェニックスグループの母体となったフェニックス国際観光の元副社長として、棟良さんを支えた一人である。

中村さんは、棟良さんの死後、朝日新聞特集の「不死鳥（フェニックス）の旅」で、次のように述べている。

「最後のリゾート（シーガイア）まで付き合っちゃったのは、佐藤棟良の実行力。それに、いつしか惚れ込んでいたからかもしれない」

棟良さん自身は、シーガイアの開業前の一九九二（平成四）年、朝日新聞の取材に、こう語っている。

「ぼくは、岩切イズムを踏襲しているが、ひとつだけ違うのは、企業家としての時代背景だ。ちょうど激動の時代に対応できる若さが、ぼくにはあったということだと思う」

岩切章太郎翁没して、今年七月十六日には「三十回忌」を迎えた。岩切翁は、いまの宮崎の観光とリゾートの現状を、どう眺めているだろうか。

フェニックスの木蔭　宮崎の二人

(一)

君は今日から　妻という名の僕の恋人
夢を語ろう　ハネムーン
フェニックスの木蔭　宮崎の二人

宮崎の人なら誰でも知っている。そして、宮崎に新婚旅行に来た人なら、いつまでも忘れられない歌「フェニックス・ハネムーン」である。

五十年前のことである。一九六六（昭和四十一）年の五月の頃だった。

当時、宮崎交通観光部の企画宣伝課長だった私のところへ、永六輔さんがふらりと訪ねてきた。

「やあ、やあ、渡辺さん」と、まるで百年の知己のように、にこやかな表情で入ってきた。

半袖シャツに短パン、サンダル履きで、手には大きな紙の買物袋を下げていた。海水浴場からの帰りのような出立ちだった。

聞けば、沖縄からの帰りで、まっすぐに来たということである。

NHKの朝の連続テレビ小説、川端康成原作の『たまゆら』が終わって間もなくで、私のことは放送局から紹介されたと聞いて、納得した。

永さんはその頃、東芝レコードの企画である「日本の歌シリーズ」の仕事で、全国を飛び廻っていた。

いまの御当地ソングのはしりで、各県から一曲ずつ歌を作る。作詞は永六輔、作曲は中村八大といずみたくが交代で、歌はデューク・エイセスのコーラスと決まっていた。

宮崎の歌はまだ全くの白紙ということだったので、さっそく永さんをタクシーに乗せて、日南海岸へ走った。

最初の目的地は、「こどものくに」だった。着くと、岩切章太郎会長が正門の前で迎えていて、びっくりした。秘書課に永さんの来訪は告げておいたが、行先は知らせてなかったからである。

岩切会長は、入口の上の掲示板を指さしながら、「ここは、こどものくにですから、おとな券はありません。みんなこどもになって、こども券を買って入園していただくのです」と、永さんに説明した。

掲示板には、イラスト入りで、次のように書いてあった。

おじいさんも　おばあさんも
おとうさんも　おかあさんも
おにいちゃんも　おねえちゃんも
今日はみんな　こどもになって　こども券をお買い下さい

永さんは、大きな声で一言、「すばらしい」と言って、岩切会長に深々と頭を下げた。

この瞬間に、永さんは決定的に岩切ファンとなり、宮崎ファンとなったのである。

(二)

永さんと私は、こどものくにから青島、堀切峠、サボテン公園と廻った。駈け足で大忙しであった。

夕方になって、宮崎観光ホテルに着いたが、荷物をフロントに預けるとすぐ、橘公園に出て、ロンブル（赤と白、青と白のテントの下のベンチ）に座った。新婚のカップルが散歩していて、さかんにカメラを向けあっていた。

永さんが言った。「いやあ、宮崎はどこに行っても、フェニックスとハネムーンですね」

私も、「そうです。フェニックスとハネムーンです」と、答えた。

永さんは、空を見上げながら、「渡辺さん、決まりました。宮崎の歌は、フェニックス・ハネムーンでいきます」と、言った。

フェニックス・ハネムーンがレコードになって発売されるとすぐ、観光バスではバスガイドが歌い、たちまち県民の愛唱歌になった。

東京・新宿のうたごえ喫茶でも、宮崎へ新婚旅行に行った人達が集まって、いつもベストテンに入る人気の歌となった。デューク・エイセスも、リーダーの谷道夫さんが宮崎出身ということもあって、どこに行ってもリクエストされた。フェニックス・ハネムーンが縁で、それから永さんは、たびたび宮崎を訪れるようになった。

串間市の市木では、地元の青年達が、名産寿かんしょの畑を作って、「六輔農園」と名付けた。収穫の季節には、永さんもやって来て、市民といっしょに、いも掘りを楽しんだ。

㈢

永さんは、沖縄が好きで、若い頃は月に一度は訪れていた。

宮崎に来るようになって間もなく、永さんが、沖縄の丹茶観光が経営する「沖縄グランドパーク」を訪ねた時のことである。

百二十万平方メートルに及ぶ海浜の丘陵に展開する亜熱帯植物の群落や、美しい南国の花々を眺め、園内に広告らしいものが何一つないことに気づいて、案内の新里社長に、「あっ、これは宮崎の岩切さんの感覚ですね」と、言った。

新里社長は、永さんの言葉に驚き、「実は、章太郎翁に何度も来ていただいて、指導を仰いだのです」と、答えた。永さんは、「やっぱり」と、うなずいた。

その時の印象を、永さんは文芸春秋に書いた。「自然を愛する姿勢のさわやかさ」と題して、宮崎より遙かに南国である沖縄が、宮崎の観光地作りを手本にしていることを述べ、「それにしても、日本に岩切さんが十人、いや、百人欲しいものです」と、結んでいる。

(四)

私が、宮交シティの社長の頃である。開店十周年の行事に、永六輔さんの一日店長を計画した。

永さんは気持よく承諾して、その日のスケジュールも、全部まかせてもらったが、前日に着いた永さんに、なかなか言い出せないことがあった。

それは、来店客の先着百名に、永さんのサイン入りの色紙を配るということである。

既に新聞やテレビで宣伝をしていたが、なにしろ百枚も書いてもらうことなので、私も口が重かった。

夜、ニシタチの丸萬本店で、永さん好物の鳥のもも焼きを御馳走し、永さんが二本目を食べた後で、「実は……」と切り出した。

そして、「サインペンで、名前だけ書いていただければ、結構ですので」と言うと、永さんはきっとした顔で、「それでは、お客様に失礼です。何か一言添えて、宮交シティ一日店長、永六輔と署名します。すぐホテルに帰りましょう」と、返答した。

私は百枚の色紙と、書き損じもあるだろうと予備の十枚を足して渡した。

翌朝、永さんは色紙を大きな風呂敷に包んで持参した。美しく丁寧に書かれた色紙を数えたら、きっちり百十枚あった。一枚も書き損じはなかった。

アポロの泉の会場で、永さんは、一人ひとりのお客さんに、手を合わせて一礼し、「ありがとうございます」と、色紙を贈った。

その情景を眺めて、私は、今更のように「サービスとは何か」ということを実感した。

永さんの姿に、涙がこぼれるような感動を味わったのである。

㈤

永六輔さんは、宮崎市が制定した「岩切章太郎賞」の選考委員長もつとめた。全国の観光地で、岩切イズムを実践している個人や団体に贈る賞で、「観光の文化勲章」と言われた。

永さんは、もともと選考委員とか、審査委員とか、人を選ぶ仕事は嫌いで、頼まれてもほとんど断っていた。然し、岩切章太郎賞だけは、喜んで引き受けてもらった。

その時の条件が、受賞者を宮崎に呼んで表彰するのではなくて、市長と選考委員が地元に行って、賞を贈るということであった。

岩切章太郎賞は、平成二十年まで二十回続いたが、同じく選考委員をつとめた俵万智さんは、永さんが亡くなった時、宮崎日日新聞のインタビューに答えて、「説得力があり、圧倒された。さすが言葉の達人だった」と、追悼の心を述べている。

永さんと、宮崎で最後に会ったのは、二〇〇五年と、二〇〇八年である。二〇〇五年は、私が宮崎市社会福祉協議会の会長の時、二〇〇八年は、岩切章太郎賞の選考委員を終えた時である。

二〇〇五年の歳末たすけあい運動の最中に、永さんは突然宮崎を訪れた。私はデパートの前で赤い羽根の募金中だったが、永さんは空港から直行して、たすきをかけ、募金箱を下げて応援してくれた。人気タレントの永さんの前は、長蛇の列だった。

二〇〇八年の第二十回の岩切章太郎賞は、永さんの強い希望で、日南海岸を支える日南市に決まった。

永さんは、授賞式で「岩切章太郎氏が亡くなって二十余年、日南市は住民が中心となって、特色を活かした観光を盛り上げてきました。この姿こそ、岩切章太郎氏が願う町おこしではないでしょうか」と、感慨をこめて挨拶した。

㈥

永さんの思い出は、まだまだあるが、ぜひ紹介したいエピソードが一つある。

名曲「劒の舞」で有名なロシアの大作曲家ハチャトリアンの取材に、永さんがモスクワを訪れた時の話である。

超多忙のハチャトリアンには、会うことが難しかった。そんな時、モスクワの街角で、ばったり宮崎出身の作曲家、寺原伸夫さんに出会った。

寺原さんは、ハチャトリアンの愛弟子だった。すぐ連絡して、面会の約束をとってくれた。永さんは大喜びで、飛んで行った。

応接室で待っていると、品のいい爺さんがコーヒーを持ってきたが、こぼして永さんのズボンを汚した。爺さんは大慌てで、ナフキンを何枚も持ってきて、ズボンを拭き、謝った。

しばらくして、スーツに身を正したハチャトリアンが現れた。何と、先程のコーヒーをこぼした爺さんだった。

「ようこそ、お越しくださいました。私がハチャトリアンです」

この話は、永さんから何度聞いても楽しく、おもしろかった。

その永さんも今は亡い。ただただ、さびしい。いつも旅から旅で、少しもじっとしていなかった。

永さんが言ったことがある。「東京にいては、この国が見えない」と。

地方創生とは口ばかりの政治家や財界人達に聞かせたい言葉である。

永六輔さん。宮崎のために、いろいろと尽くしていただいて、本当にありがとうございました。お疲れ様でした。どうぞ、これからは、ゆっくりとお休みください。（合掌）

思い出の人、あの人、この人

笹沢左保さんのこと

宮崎の観光資料収集で知られるオードリーハウスの土持孝博さんが、「珍しい本を見つけました」と、届けてくださったのが、笹沢左保の推理小説『突然の明日』である。

もうすっかり忘れていたが、なつかしい本である。実はこの小説のモデルで、私が登場しているのだ。

昭和三十八（一九六三）年の三月から九月まで、「週刊朝日」に連載された長篇だが、評論家の武蔵野次郎氏に言わしめれば、〝数多くの笹沢作品の中においても、記念碑的作品〟だという。

その長篇小説の中に、私が最初から最後まで出てくる。しかも実名で。

……「渡辺です。よく、いらっしゃいました」宮崎交通の企画課長は、涼子に名刺を差し出した。観光地では遠来の客に、よくいらっしゃいました、という言葉を挨拶に使うのである。……

そういう書き出しで始まるのだが、えびの高原に行く途中の私の言葉も、そのまま小説になっている。

……「珍しい滝でしょう。七折の滝と、去年の秋に命名したのですよ」渡辺が振り向いて、満足そうにうなずいてみせた。……

実は、七折の滝は私が命名した。宮崎観光の父、岩切章太郎翁が気にいって、すぐ標柱を立てていただいた、思い出の滝である。

それにしても、渡辺といい、宮崎交通といい、企画課長といい、泊まった宮崎新観光ホテルまで、天下の週刊朝日の小説に、堂々と実名で記載されている。前代未聞のことである。

笹沢左保さんが取材に来宮した時、半月あまり、私が、朝から夜までお世話をした。それだけのことであるが、やさしくて、思いやりの深い笹沢左保さんは、実名を出すことで、それに応えてくれたのである。

笹沢さんとは、亡くなるまで交流した。奥様と息子さんを寄越した時には、いっしょに水着バスに乗って、青島に海水浴にも行った。家族ぐるみの〝オツキアイ〟だった。

実は、小説での私の役割は、殺人犯の親友だった。犯人が逃亡して宮崎に私を訪ねてきたのである。このことは、本当は書きたくなかったのだが。

森繁久彌さんのこと

「やあ、岩切章太郎さんに会いに来ました」。自家用の大型豪華ヨットから下船してきた船長の制服姿も凛々しい森繁久彌さんは、両手を広げて握手を求めた。もう着くか、もう着くかと、六時間以上も待たされた迎えの私は、その一言で疲れも吹き飛んだ。

宮崎まで、車の中で森繁さんは、おしゃべりで夢中だった。世界中で一番楽しい人だと、私は思った。

團伊玖磨さんのこと

小林市文化連盟の渡辺布美子会長から、「古本屋で見つけましたので」と、一冊の本が送られてきた。

團伊玖磨さんの名著『ひねもすパイプのけむり』(朝日文庫)である。

團伊玖磨さんとは、若い頃、東京や宮崎で何度かお会いしていた。名エッセイストの作品である「パイプのけむり」のシリーズも、第一巻から第十六巻まで、パラパラとではあるが、時々読んでいた。しかし、最後の出版だった第十七巻の『ひねもすパイプのけむり』だけは、読んでいなかった。

その一節を紹介すると。

……タクシーの中で、「前に来た時には、宮崎交通の岩切章太郎さんが未だお元気で、観光課長の渡辺綱纜《つなとも》さんという若い方と一緒に方々を歩きました。渡辺さんが懐かしいなあ、電話したいなあ、お元気かなあ」

と僕が言った。

「渡辺専務さんはお元気ですよ」

と突然声がした。運転手さんだった。

「渡辺専務は宮交シティに居られます。電話をなされば居られるでしょう」

運転手さんは続けた。乗っていたタクシーは宮崎交通のタクシーだった。

……

團さんは、延岡市の文化講演に招かれて来宮したのだが、私が会ったのは宮崎空港だった。見送りに行ったのである。

……「どうして、この便に乗るのが判りましたか」と僕が訊いた。

「調べて判ったので」

と彼は言った。考えてみれば、彼は交通の専門家である。

渡辺さんの顔からは、お互いに若かった日が立ち昇ってきた。十九年前、僕は渡辺さんと歩き回りながら、「都井岬の歌」を作曲した。

「あの歌が懐しくてね。よく歌うんですよ」

と渡辺さんは遠くを見るような目付きをして言った。僕の心の中で、自分でも気に入っているその歌の旋律が鳴った。

渡辺さんから頂いた椎茸の凾を抱えて、僕は見送りの人に挨拶をした。……

團さんは何処で何々をしました、そういう小学生のような文章が、急に書きたくなった。そして、「飛行機の上で、この文章を書き始めた」と、結んであった。

三国連太郎さんのこと

戦後間もなく、江平町の我が家の前を、毎朝、和服の着流しを着て、下駄ばきで、大きなシェパードの犬を連れて散歩する、堂々たる体格の男の人がいた。

ある朝、道路の掃除をしていると、その男の人がやって来た。「スミマセン」と、道をあけると、「ハイ、ごめんよ」と、にっこり笑ってふり返った。なかなかの美男子だった。

ある時、中学、高校時代の仲よしだった近所の大西啓蔵君がそばにいたので尋ねると、「ウチの親戚」だという。いま、離れの家に住んでいるが、宮崎交通に勤めていると話した。大阪大学工学部出身のインテリで、佐藤政男さんという名前だった。

三国さんが映画俳優で有名になって、ある雑誌のインタビューで、次のように語っているのを読んだ。

……就職は、地元の宮崎交通にしたんですが（中略）、僕の友達で大阪大学の出身者がいたものですから、生きてるのか死んでるのか分からないけど、彼の学歴をそのままおかりして、ご免なさいで就職したわけです。それがばれてしまい、女房の実家（大西家）からも愛想をつかされまして、宮崎にいられなくなって、女房を連れて逃げ出したということです。……

その三国連太郎さんで、ぜひ紹介したいのは、平成十七（二〇〇五）年八月二十四日と、二十五日に連載された宮崎日日新聞の〝「釣りバカ日誌」と岩切イズム〟の記事である。

文化部次長だった外前田孝記者の特ダネで話題になったが、三国さんが「釣りバカ日誌16」映画公開を前に、佐世保ロケの現場で記者会見をした時、〝この映画のスーさん（鈴木建設社長の鈴木一之助）のモデルは、宮崎交通の創業者岩切章太郎翁である。〟と、発表した。

三国連太郎さんは、いつも、岩切翁の面影を思い浮かべながら、スーさんを演じた。

そして、「今の企業に欠けているのは、経営者の哲学ではないか」と、話を結んだ。

新聞には、岩切章太郎翁と三国連太郎さんが、笑顔で向かいあっている写真

（合成）があったが、見れば見るほど、二人の顔が似ているのが、強烈な印象だった。

中村地平さんのこと

「ところで、原稿料はあるの」と、中村地平氏は真顔で言った。

「原稿料？？」

「そうだよ。原稿料だよ」

「いいえ、そんなものはありません」

「ああ、そうだろうね。いや、作家はね、原稿料で生活してるんだ。だから、原稿を頼まれた時は、まずそのことを聞くのが習慣でね」

そう言って、地平氏は、はじめて愉快そうに笑った。

中学生新聞の記者である私たちは、きょとんとしていた。

終戦直後、昭和二十二年の頃の話である。

その頃、私たちは旧制の宮崎中学で、「望洋新聞」という学校新聞を発行していた。

編集長が四年生の私、副編集長が三年生の原田解君だった。

その「望洋新聞」の文化欄に、大先輩の作家である中村地平氏に寄稿してもらおうと、新聞部員数名で、どやどやと先生の所を訪問した時のことである。

「しかし、せっかく来たのだから、そうだね、これから僕が話すことを筆記しなさい。それだったら原稿料も要らないだろう」

世間知らずで、先輩だから当然原稿はタダでもらえると思いこんでいた私たちは、すっかり恥ずかしくなった。言葉使いも、ずいぶん失礼だったのだろう。それをたしなめるような地平氏の静かな言葉だった。

「……である、そこでマル。行をかえて、……で、そこでテン」というようなたいへん親切な言い方で、地平氏はゆっくりと、地方と文学について語った。

終わってから読み上げると、それはすばらしい珠玉のエッセイになっていた。

この話も、いまは遠い思い出となった。

しかし、私たちは、中村地平氏から、作家の姿勢について、人間の生活態度について、何か大きな、大きなことを学んだという実感があった。走り書きのメモ帳を大事にポケットにしまいこんで、自転車を飛ばして学校に帰った、あの時のさわやかな印象は、いまも鮮明に、強烈に、忘れることはできない。

それから、間もなくして、私たちは、市内の中学生や女学生の文学愛好者で、「彗星クラブ」というのを組織し、ガリ版刷りの同人誌「彗星」を何号か発行した。

同人の中に、日高安壮氏の長女都《みやこ》さんがおられて、時々童話を寄稿していただいたが、雑誌が出来上がると、中村地平氏に届けて、その批評を伝えてくださるのがたのしみだった。

相手が都さんだったせいか、地平氏の批評は、いつもやさしかった。

焼けあとの町を、空腹ながら、それでも心は充たされて、胸いっぱい空気を吸い込んで歩きまわった、あの頃が、少年の日が、本当になつかしい。

そして、中村地平氏のあの包みこむような温顔がなつかしい。

〈結びに〉

これまで、永六輔さんをはじめ、浅利慶太さん、檀一雄さん、石井好子さん、服部良一さんなどの思い出を、作品集には書かせていただいたが、まだまだ「思い出の人」はたくさんいる。その中から、五人を選んだのが、今度のエッセイである。

最後の中村地平さんの思い出で、お断りしておきたいのは、エッセイスト・クラブの作品は、未発表が原則であるが、中村地平さんのことだけは、実は昭和五十八年だったと思うが、第十回の地平忌に皆でお供えした「おもいで」に書いたものを、そのまま追加した。

「おもいで」は、海音寺潮五郎、古谷綱武、庄野潤三、日高安壮、田村忠雄、増田吉郎、富松昇、日高久一、森永国男、森三枝、黒木淳吉、渡辺綱纜、城雪穂、黒木清次、長嶺宏の十五人（書いた順番）の文章が綴ってあるが、いま生き残っているのは、私一人だけではないかと思う。そういうことで、編集部のお許しを得て、当時のまま収録したことを切に御理解いただきたいと思う。合掌。

病気だが、病人ではない

子どもの頃から、私は、病院が好きで、医者が大好きで、クスリも好きだった。ちょっと風邪を引いても、すぐ病院に駆け込み、母親が心配するどころか、「何と神経質な子か」と、あきれるほどだった。

だからと言って、病院の梯子《はしご》などしたことはない。それぞれ、信頼し、尊敬する主治医がいる。そこで頂いたクスリを、きちんと飲むだけである。

クスリも、「効くだろうか」と、迷ったことはない。お陰様でと、感謝しながら飲んでいる。クスリも、そんな人の心を読むらしい。よく効くのである。

そういう私が、いま、毎週火・木・土と三回、人工透析に通っている。病院の入退院もくり返したが、あまり苦にはならなかった。それは私が、〝病気だが、病人ではない〟と思っているからだ。

病人ではないから、人と会ったり、話したり、モノを書いたり、気分が向けば音楽やバレエや芝居も見に行く。毎日が楽しい。

そういう私も、入院中に一度だけ、本当に悲しみに沈んだことがあった。

それは、劇団四季の浅利慶太さんの訃報を聞いた時である。

浅利さんとは、半世紀以上のながいツキアイだった。

もみじが丘の高台に、はじめて十八坪のわが家を新築した時には、わざわざ泊まりに来てくれた。

そば焼酎雲海のオンザロックを飲みながら、一晩中語り明かした。

劇団四季が新しい公演をする時はかならず、東京や福岡に招かれ、飛んで行った。

そんな私の大切な心のよりどころであった浅利さんの死は、ショックだった。この世で一番悲しいことであった。涙が止まらなかった。

でもいまは、浅利さんの思い出が私の心の支えになっている。生きる喜びにつながっている。

病気だが、病人ではない――そういう人がもう一人いる。中学、高校時代からの盟友、川越義郎君である。

人工透析の先輩でもあり、いろいろと教えてもらった。その川越君が、つい最近、心筋梗塞で倒れた。奥様から知らせを受けた時は、一晩中眠れなかった。会いに行けなかったので、手紙を書いた。〝読んでくれ！〟と祈った。

その川越君から、突然電話があった。

「おい、渡辺君か。手紙を読んだぞ。ありがとう」。その声を聞いた時は、夢かと思った。元気いっぱい、ハリのある声だった。

「生き返ったぞ。心配するな」と、川越君は言った。人工透析を受けながら、心臓の大手術が見事に成功したのだ。私には、奇跡に思えた。

また一つ、私の大きな励ましが増えた。


二十年ほど前のことである。毎朝、散歩をしていた私は、急に腰に激痛が走り、歩けなくなった。

整形外科の主治医から、脊柱管狭窄症と診断され、大きな特製のコルセットを装着した。窮屈で、おじぎをすることもできなかった。

〝上を向いて歩こうを実践しています〟と、永六輔さんに手紙を書いたら、〝ガンバレ、ガンバレ〟と、それだけ一行のハガキがきた。

プールで歩いて、腰を鍛えようと思った。毎日欠かさず通って、十分、二十分、三十分と時間を延ばし、十年通ったが、少しもよくならなかった。もう止めようかと思ったが、せっかく通ったのだ、もうしばらく、がんばろうと思い直した。

それから数年して、ある朝のことである。いつも「痛い、痛い」と悲鳴を上げながら起きる私が、何事もなく起きた。自分でも気がつかなかった。小用を足して、寝床に戻って来た私を見て、妻がびっくりし、「腰は、痛くなかったの」と聞いた。

そうだ、何ともなかった。もう一度起き直し、家の中を歩き廻った。何ともない、全く痛みがない。天にも上る心地だった。難病の脊柱管狭窄症を完全に克服した日であった。

ここまで書いて、私は〝今日は何を書くつもりだったのか?〟と、我にかえった。

そうだ。〝病気だが、病人ではない〟を書いているのだ。その通りだ。だから、何でもできるのだ。私は、病気だが、病人ではないのだ。

八月十五日、平成最後の終戦記念日を迎えた。

昭和二十年八月十五日を、私は、学徒動員先から（下痢が止まらずに）帰省していた疎開先の倉岡村金崎（現在は宮崎市）で迎えた。中学三年生であった。

その日は、朝から、毎日のようにあった米軍機の空襲もなく、空は真青に晴れ渡って、静まりかえっていた。

ただ、蟬が、うるさいほど鳴いていた。蟬の声など、それまで一度も聴いたことはなかった。不思議なことである。

正午から、天皇の玉音放送があった。

日本は敗けた。戦争は終わった。

「もう、死ななくてよい」。気が抜けたような安心感が、私を襲った。

「そうだ。もう死ななくてもよいのだ」

今度は、喜びで、胸がいっぱいになった。

蟬の声が、また一段とうるさい。毎日、鳴いていたはずだった。それが、死におびえていた私たちの耳には、聞こえなかったのである。

蟬の声までが、生きる喜びにはずんでいた。

川端康成の死は自殺ではない

部屋には、岡本かの子のことを書いた原稿が散らばっていた。ウイスキーの空瓶も転がっていた。

川端康成は、ガス管をくわえて死んでいた。

私が知り得た川端自殺の現場の様子は、それだけである（註・岡本かの子は、川端康成によって小説の世界に導かれた歌人で作家。岡本一平の妻で、岡本太郎の母）。

その部屋に睡眠薬があったかどうかは、私には分からない。だが、かならずあったと私は思う。

宮崎の高千穂町の宿で、川端は私の目の前で薬を飲んだ。「先生、それは何ですか」と、私は聞いた。川端は、「睡眠薬です」とはっきり答えた。「眠れないのですか」。「そうです」。「先生、クスリはいけません。お酒を召し上がってはいかがでしょうか」。「渡辺さんは悲しい人ですね」。「ハア」。

「お酒の一滴も飲めない私に、悲しいことを言われますね」。

川端は、さびし気な顔でそう言った。そして、バッグの中からもう一瓶別な薬をとり出してきた。

一錠、二錠と数えながら、何錠かをパッとまた口に入れた。あっという間の出来事だった。

その夜のことである。夜中に大きな音がした。二階に寝ていた川端が、階段から転げ落ちてきたのである。同宿していた娘の政子がびっくりして降りてきて、抱きかかえるようにして二階に戻った。

翌朝、川端はケロリとしていた。朝会うと、川端はいつも口ぐせのように、「眠れなかった。眠りたい」と言っていた。その朝は何も言わなかった。私は黙っていたが、不安だった。それは、川端の宮崎滞在中、いや鎌倉に帰ってからも、ずっと心配だった。

川端が自殺したという夜、家族のいないマンションの一室で、きっと睡眠薬をたくさん飲んだに違いない。日頃、口にしないウイスキーも飲んだ。でも、眠れない。

「ああ、あのガスを吸ったら、ぐっすり眠れるだろう」。正気を失っていた川端は、そう思って、ガス管をくわえたのではないか。

「ああ、これで眠れる」。川端は安心して永遠の眠りについた。

川端はその夜、原稿を書いていた。それは遺書ではない。川端は、死ぬことなど考えていなかった。


宮崎に来てすぐ、川端を案内して日南海岸のこどものくにへ行った。砂浜に腰を下ろして、眼の前の海を眺めていた。空白の時間が過ぎて、私がふと質問した。

「先生、芥川龍之介とか太宰治とか、作家はよく自殺をしますが、どう思われますか」。

「いけませんね」と、川端は海を向いたまま言った。しばらくして、私の顔を見つめて、「自殺は、人間の道に背きます。人は自然の姿で死ぬのが一番美しいと思います」と、静かに、然し力を込めて言った。

その川端康成が、自殺をするとは、私にはどうしても思えない。川端は、言ったことを曲げる人ではないのだ。

川端と十七日間、ぴったりと行動を共にした私は、川端康成という人は、何と純粋な人だろうと思っていた。

川端は無邪気で、少年がそのまま大人になったようなところがあった。一途なのである。

私はそれまで、川端康成のことを文豪であるという以外は、何も知らなかった。作品も、中学時代の教科書で、「雪国」や「伊豆の踊り子」の一節を読んだことぐらいである。

そういう無知な私が、川端には安心感を与えたのではないか。だから、何を話しても素直に受け入れてもらった。

川端が敬愛した若山牧水がこどもの頃、初めて海を見て驚いたという美々津の町に、ぜひ行きたいというので、美々津出身のジャーナリストで、郷土史の研究家でもある黒木勇吉に案内を頼んだ。その車中（タクシー）でのことである。私が質問をした。

「先生、もし日本人で、ノーベル文学賞をもらう人がいるとしたら、どなたでしょうか」

川端はまっすぐ前の方を向いたまま、すぐに答えた。

「それは、三島由紀夫君です。三島君以外には考えられません」

きっぱりとした口ぶりだった。前の座席に座っていた黒木勇吉が後をふり返って、大きくうなずいて頭を下げた。

それまで、私は川端と三島の関係は何も知らなかった。

川端が鎌倉に帰ってから、私は一度だけ東京で川端に会った。新橋の第一ホテルで、林忠彦の写真集『日本の作家』の出版記念会が催された時である。

私がホテルに着いた時、川端はロビーで、作家の藤島泰輔と話をしていた。

私は藤島とも親しかったので、遠慮なく「先生、お久しぶりです。宮崎の渡辺です」と、近づいた。

川端はうつろな表情で私を見つめて、「存じませんね」と答えた。私は、自分の顔が青ざめ、ひきつるのが分かった。体がぶるぶるとふるえた。

藤島が「先生、渡辺さんです。宮崎交通の渡辺さんですよ。企画宣伝課長さんです」と大声で言った。

川端はやっと気がついて、「あの時には、本当にお世話になりました。岩切章太郎さんはお元気ですか」と、冷たい手で私の手をにぎりしめた。

私は思わず泣いた。川端は、私の顔を不思議そうな表情で見つめた。

川端が亡くなって、数日後。私は鎌倉の川端邸を訪れて、秀子夫人を弔問した。

秀子夫人は、「渡辺さん、私は川端が何故死んだのか、どうしても分からないのです」と声をつまらせた。

私は、「先生は、眠りたかったのだと思います。ただただ、ぐっすりと眠りたかった。それだけではないでしょうか」と答えた。

そして、「自殺では、絶対にありません」と、小さくつぶやいた。

秀子夫人の目に涙が光った。

あとがき

みやざきエッセイスト・クラブを創立して、四分の一世紀が過ぎた。作品集も、今年の「フィナーレはこの花で」まで、二十四冊を数えた。ということで、私はクラブ同人の皆さんに、これまで作品集に発表した作品を、一冊の本にしたら……と呼びかけている。

すすめた以上は、私も率先して実行しようと思い立ったのがこの本である。本の題名は「フェニックスの木蔭」にした。永六輔さんの作詞した「フェニックスハネムーン」の歌詞からの引用である。

私が毎週日曜日に出演している、サンシャインエフエムの番組も、「フェニックスの木蔭」である。

興梠マリアさん（同人）は、アメリカ生まれだが、堀切峠のフェニックスの木蔭で、いつも海向うの故郷を偲んで、「ハロー」と呼びかけているそうだ。いいなあ。

渡辺綱纜

【初出一覧】　＊すべて、みやざきエッセイストクラブ作品集（鉱脈社刊）

文をつくる　作品集1『ノーネクタイ』（1996年）
野村憲一郎先生　作品集1『ノーネクタイ』（1996年）
ノーネクタイ　作品集1『ノーネクタイ』（1996年）
かわいい女、かしこい女　作品集2『猫の味見』（1997年）
網走からの荷物　作品集2『猫の味見』（1997年）
林真理子さんと宮崎牛　作品集3『風の手枕』（1998年）
君は杜へ　作品集3『風の手枕』（1998年）
優等生のパンツ　作品集4『赤トンボの微笑』（1999年）
コンコンブル　作品集4『赤トンボの微笑』（1999年）
MYさん　作品集4『赤トンボの微笑』（1999年）
閣下と英語　作品集5『案山子のコーラス』（2000年）
大学教授一年生　作品集5『案山子のコーラス』（2000年）
夏の思い出・モヨ島　作品集5『案山子のコーラス』（2000年）
岩切章太郎翁余話　作品集6『風のシルエット』（2001年）
母の思い出　作品集7『月夜のマント』（2002年）

川端康成先生のなつかしくもおかしな思い出話

作品集8『時のうつし絵』（2003年）

天然の旅情

作品集9『夢のかたち』（2004年）

幻の原稿

作品集10『河童のくしゃみ』（2005年）

アンパンの唄

作品集11『アンパンの唄』（2006年）

「浜辺の歌」は恋歌だった

作品集12『クレオパトラの涙』（2007年）

カタツムリのおみまい

作品集13『カタツムリのおみまい』（2008年）

見果てぬ夢のかなた

作品集14『エッセイの神様』（2009年）

さよならは云わない

作品集15『さよならは云わない』（2010年）

フェニックスよ永遠に

作品集16『フェニックスよ永遠に』（2011年）

見果てぬ夢の彼方へ

作品集17『雲の上の散歩』（2012年）

日本一になりたい

作品集18『真夏の夜に見る夢は』（2013年）

若く明るい歌声に

作品集19『心のメモ帳』（2014年）

星は流れても

作品集20『夢のカケ・ラ』（2015年）

フェニックスの木蔭 宮崎の二人

作品集21『ひなたの国』（2016年）

思い出の、あの人、この人

作品集22『見果てぬ夢』（2017年）

病気だが、病人ではない

作品集23『魔術師の涙』（2018年）

川端康成の死は自殺ではない

作品集24『フィナーレはこの花で』（2019年）

[著者略歴]

渡辺綱纜（わたなべ　つなとも）

昭和６年１月３日生まれ、宮崎市出身。昭和18年宮崎市立江平小学校卒業、昭和23年宮崎県立宮崎中学校卒業、昭和24年宮崎県立宮崎大宮高等学校卒業、昭和28年中央大学法学部卒業。同年宮崎交通株式会社に入社、企画宣伝課長、観光部副部長、昭和48年宮交シティ創業準備のために総合センター部長、昭和52年取締役、昭和54年常務取締役、昭和57年株式会社宮交シティ設立により同社代表取締役、平成11年同社常任顧問を最後に宮崎交通グループを離れる。同年宮崎産業経営大学経済学部観光経済学科教授、平成17年退任。宮崎市社会福祉協議会会長、宮崎学術振興財団理事長、宮崎ケーブルテレビ株式会社監査役、雲海酒造株式会社顧問、宮崎市芸術文化連盟会長、宮崎県芸術文化協会会長、九州文化協会副会長、宮崎公立大学理事兼学長特別補佐役。

平成18年すべての役職を離れ（宮崎産業経営大学客員教授は留任）、現在は岩切イズム語り部として、執筆、放送（宮崎サンシャインFM）をライフワークとしている。

〈著書〉『紫陽花いろの空の下で』（昭和48年　炎の会）、『アポロの泉に咲く花は』（昭和58年　皆美社）、『大地に絵をかく』（昭和61年　皆美社）、『翔べフェニックス ── 見果てぬ夢の彼方へ』（平成８年　鉱脈社）、『空ある限り』（平成９年　宮崎日日新聞社）、『みやざき21世紀文庫　紫陽花いろの空の下で』（平成11年　鉱脈社）、『マヤンの呟き』（平成17年　鉱脈社）、『夕日に魅せられた川端康成と日向路』（平成24年　鉱脈社）、『空ある限り　岩切章太郎翁と歩みきて』（平成30年　鉱脈社）。

[現住所]
〒880-0951　宮崎市大塚町竹下520-25
☎0985-47-2506（FAX兼用）

エッセイ集　フェニックスの木蔭　文32

二〇一九年十二月十五日印刷
二〇一九年十二月二十一日発行

著　者　渡辺綱纜 ©
発行者　川口敦己
発行所　鉱　脈　社
〒八八〇ー八五五一
宮崎市田代町二六三番地
電話〇九八五ー二五ー一七五八

印刷
製本　有限会社　鉱　脈　社